AF293715

Elfi Sinn

Machen wir es wie Miss Marple! -2-

Cosy-Crime-Geschichten

Bibliografische Information der Deutschen Nationalbibliothek:
Die Deutsche Nationalbibliothek verzeichnet diese Publikation in
der Deutschen Nationalbibliografie; detailierte bibliografische Da-
ten sind im Internet unter http://dnb.dnb.de abrufbar.

Herstellung und Verlag:

BoD – Books on Demand Norderstedt

Titelbild: Matthias Handrek

mit Motiven von 123RF

ISBN:978 3 756 20674 2

Inhaltsverzeichnis

Wer ist wer?   S.   7

Das Millionenerbe   S. 10

Rettung aus dem Pflegeheim   S. 36

Charlie in Gefahr   S. 66

Ein Fall von Gaslighting   S. 93

Der verhängnisvolle Unfall   S. 120

Der falsche Erbe   S. 144

Wer ist wer?

Tessie Sommer, Kindergärtnerin, mit roten Locken, ist eine geborene Optimistin. Ihr Lieblingsspruch: *Es hätte schlimmer kommen können.* Sie erbt ungewollt und macht daraus etwas Fantastisches, auch gegen Widerstände und Anschläge. Sie liest leidenschaftlich gerne Krimis.

Lea Sommer, Köchin, Mutter von Tessie, mit immer noch roten Locken, hat ihre große Liebe Henry verloren, kocht fantastisch und prägt das neue Sommer-Karree mit ihren Design-Ideen. Sie liest leidenschaftlich gerne Krimis.

Polly Sommer, Konditorin, Tochter von Tessie, mit langen roten Haaren, ist nach einige Krisen und Enttäuschungen erfolgreich im Beruf und hat sogar die große Liebe gefunden. Sie liest leidenschaftlich gerne Krimis.

Rina Sommer, Tochter von Polly, mit roten Zöpfchen, kann manches, das noch passieren wird, ziemlich genau vorausahnen. Sie liest leidenschaftlich gerne Krimis und besucht die 3. Klasse.

Dennis Braun, Architekt, hat falsche Rücksichten genommen, ist aber jetzt wieder auf Kurs, liebt Polly, ihre Tochter, seinen Sohn und die Peanuts.

Charlie Braun, Sohn von Dennis, mit schokoladenbraunen Locken, ist ein heimliches Computer-Ass und besucht die 4. Klasse. Er besitzt einen Hund namens Snoopie

Katja, beste Freundin von Tessie, Heilpraktikerin für Psychotherapie

Julian Richter, Geschäftsführer in Henrys ehemaliger Weinhandlung.

Fabian Köster, ehemaliger Polizist, arbeitet als Privatdetektiv und schreibt Krimis.

Dr. Christian Winter, Rechtsanwalt.

Heidi, Henny, Nicki, ehemalige Kolleginnen von Tessie, die beim Aufbau des Karrees helfen und auch dort wohnen
Außerdem einige unbekannte oder auch ungenannte, aber nicht weniger wichtige Personen, die Anlass zu Nachforschungen geben oder bei den Ermittlungen helfen.

Als Inspiration, Anregung und mit praktischen Tipps sind auch die folgenden berühmten und bekannten Detektivinnen und Hobby-Detektivinnen indirekt vertreten:

Miss Jane Marple von Agatha Christie,
Jackic Dupont von Eve Lambert,
Goldy Schulz von Diane Mott Davidson und
Flavia de Luce von Alan Bradley

Das Millionen-Erbe

Das Leben ist voller Überraschungen und schon morgen kann dir ein kleines Wunder begegnen – unbekannter Verfasser

Tessie Sommer stand am Fenster ihres Büros und schaute stolz auf das ehemalige Bergmann-Karree, das sie im März geerbt und notgedrungen weitergeführt hatte, um der immensen Erbschaftssteuer zu entgehen.

Inzwischen war das, was vor ihr lag, viel mehr als das Überraschungserbe geworden, war ihnen Allen ans Herz gewachsen, denn mit dieser Umgestaltung waren viele erstaunliche Dinge gelungen. Nicht nur, dass zahlreiche junge Firmen wieder günstige Arbeitsräume erhielten und Menschen, die vorher lange suchten, nun bezahlbare Wohnungen fanden, noch viel wichtiger war, dass die gemeinsame Arbeit auch ihre Familie wieder zusammen gebracht hatte.

Von Anfang an lebten ihre Mutter Lea, ihre Tochter Polly und ihre Enkelin Rina mit auf dem Gelände, hatten es mit aufgebaut und es schien auch so, dass alle bleiben wollten.

Tessie schmunzelte, wenn sie zurückdachte. Die Arbeit an den Wohnungen und Werkstätten war alles andere als leicht gewesen, hatte sie aber als Familie wieder enger zusammenrücken, die Zerwürfnisse vergessen lassen und alten Schmerz geheilt. All das, was sie jetzt mit einem gewissen Stolz betrachtete, hatte sie sich damals nicht vorstellen können, als sie mit entsetztem Gesicht auf ihr Überraschungserbe gestarrt hatte.

Der rechte Trakt, das Baumhaus, wie sie es nannten, seit auf jeder Etage ein anderer Baum den Eingang zum Fahrstuhl umrandete, war relativ schnell vermietet und ihr erster Pluspunkt gewesen.

Damit konnten die IT-Firmen, die bereits dort residierten, in renovierte Räume zurückkehren und weitere waren wegen der günstigen Mietkonditionen sehr schnell nachgezogen.

In die drei Werkstätten hinter den Bogenfenstern im Erdgeschoss würden schon bald ein kleines Spa, ein Blumen-und Geschenke-Laden und Pollys Café einziehen.

Auch das frühere Bürohaus, das jetzige Beerenhaus, war sehr schnell voll vermietet, seit sie und Lea die Idee hatten, daraus Wohnungen zu machen.

Unter Leitung von Dennis, dem Architekten und Bauleiter, waren aus den Großraumbüros, moderne Lofts geworden, während sich die anderen Mieter über Kombinationen von 2 Zimmern mit großer Wohnküche freuen konnten.

Dennis wohnte inzwischen mit seinem Sohn Charlie auch in einer solchen Wohnung und gehörte zur Familie, und das nicht nur, weil er und Polly ein Paar waren.

Ein wenig sorgenvoll blickte Tessie zum linken Trakt, dem Blumenhaus, das noch auf Fortschritte harrte und zum angrenzenden alten Gebäude, das sie Ritterburg nannten. Das hatte ihnen eine aufregende Woche und einige gefährliche Situationen beschert, weil eine gesuchte Verbrecherin ausgerechnet dort ihren Geldwäsche-Ring etablieren wollte.

Sie schmunzelte wieder, als sie daran dachte, wie die Sache ausgegangen war und ihren Lieblingssatz erneut bestätigt hatte:

Es hätte schlimmer kommen können!

Schließlich war keiner verletzt, Charlie hatte die Schrecksekunde auch gut verkraftet und das alte Gebäude war hervorragend instand gesetzt.

Inzwischen baute sich Dennis dort unter dem Dach seine Arbeitsräume aus und gemeinsam mit seinen Praktikanten auch noch drei Wohnungen für Studenten.

Gar keine schlechte Idee, überlegte Tessie, denn wer würde sich nicht besonders anstrengen, wenn er anschließend die Räume selbst bewohnen könnte?

Als die Sonne jetzt direkt in ihr Büro schien, ließ Tessie die Jalousie herunter und wandte sich wieder ihrem Schreibtisch zu.

Inzwischen war es August geworden und die Tage wurden immer heißer. Sie strich über ihr hellgrünes Kleid, das ganz locker saß und dennoch bei der Hitze zu warm schien. Obwohl sie jeden Tag nur ganz leichte Sommerkleider trug, die sie selbst nähte, stöhnte sie schon am frühen Morgen, wenn sie das Thermometer sah und die Wettervorhersage hörte.

Ihre roten Locken hatte sie deswegen auch schon kurz schneiden lassen, aber bei diesen Temperaturen war einfach alles zu viel.

Der einzige Grund sich über diese Hitze noch freuen zu können, waren die neuen Solaranlagen auf dem Beerenhaus, dem Baumhaus und bis Ende des Monats auch auf dem Blumenhaus.

Nur die Ritterburg musstc dcs Denkmalschutzes wegen ausgenommen werden.

Natürlich gab es, wenn man dafür Zeit hatte, auch schattige Plätzchen auf der großen Anlage, denn seit sie das Grundstück im März zu ersten Mal gesehen hatte, war es deutlich grüner geworden.

Herbert und Hermann, die beiden Rentner, die die Grünanlagen pflegten, schienen nicht nur grüne Daumen zu haben, sondern auch noch über spezielle Geheimtipps zu verfügen.

Irgendwie wuchs bei ihnen alles schneller und alles, was sie pflanzten, sah reicher und voller aus. Eine so üppige Clematis, wie die am Vorplatz des Baumhauses, hatte Tessie noch nie gesehen.

Dort sollte nach den Plänen von Dennis und Lea das kleine Café mit Terrasse entstehen, für das ihre Tochter Polly schon die süßesten Leckereien vorbereitete. Bisher wurden sie vorwiegend über das Internet und an umliegende Firmen verkauft, denn noch gab es kein Café und auch kein Hotel.

Seit dem kühnen Entschluss, gemeinsam ein Event-Hotel zu eröffnen, war schon ein Monat vergangen, aber passiert war nicht all zu viel. Tessie hatte unzählige Genehmigungen beantragt, die alle erforderlich schienen, aber das Amt ließ sich viel Zeit oder war im Urlaub.

Deshalb arbeiteten die Frauen in dieser Zeit weiter an den großzügigen Suiten und an den Konzepten für die Aufenthalte, die etwas ganz Besonderes werden sollten.

Das Event-Hotel würde *Memories* heißen, also galt es auch Dinge zu planen, die zu einmaligen Erinnerungen führten.

Tessies Lieblingsthema war immer noch der Stadturlaub für junge Familien, bei dem es jeweils getrennte Programme für Kinder und Eltern geben sollte und der jetzt unter der Bezeichnung lief: *Stadturlaub – Abenteuer für Kinder und Romantik für Paare.*

Dafür hatte sie sich auch die Mitwirkung von ihren ehemaligen Kolleginnen aus dem Kindergarten, Heidi, Nicki und Henny gesichert. Wenn das Hotel endlich eröffnet würde, gehörten sie dann zum Stammpersonal.

Aber bis dahin war noch so vieles zu tun, das Tessie stöhnen ließ.

Als sie sich damals diese Idee ausgemalt hatte, waren alle echt begeistert gewesen. Nur hatte keiner erwartet, wie viel dafür notwendig war und was sie alles tun mussten, damit es endlich losgehen konnte.

Zurzeit arbeitete Lea mit Dennis und den Kids daran, in der Ritterburg Schlafräume für Kinder zu schaffen, die einige Überraschungen boten, wie Betten, die sich eigenständig bewegten, Schranktüren, die sich plötzlich knarrend öffneten oder Zimmerwände, die

von selbst verschwanden und Blicke in schaurige Kabinette er-
möglichten. Dazu kamen im Keller noch gruselige Kerker und Ge-
heimgänge. Ein ganz besonderes Highlight waren die optischen
Illusionen, die ein Kunststudent an die Wände malte.

Als sich Tessie am Vortag die Gänge nur mal ansehen wollte, hatte
sie ziemliche Mühe, den richtigen Weg zurück zu finden, weil man
sich dort wirklich wie in einem nebelfeuchten Kellergewölbe ohne
Orientierung fühlte und einmal war sie sehr versucht, das Spinnen-
netz über ihrem Kopf zu entfernen.

 Ein zweites Konzept des Hotels setzte mehr auf vorhandene Erinnerungen, die wiederbelebt werden sollten, wie bei der *Reise in die
50-ger, 60-ger oder 70-ger Jahre,* für die sie unbedingt noch eine
Karaoke-Maschine und gute Kontakte zu einem Kostümverleih
brauchte. Tessie machte sich gleich Notizen.

Und eine Doppelgänger-Agentur wäre auch fantastisch, denn die
Möglichkeit, die echten Idole dieser Zeit zu engagieren, war schon
finanziell, aber auch auf natürliche Weise, durch die Lebenszeit,
begrenzt.

Starten würden sie wahrscheinlich in der Adventszeit mit *Weihnachten wie es früher war* oder wenn es nach der Begeisterung der
Kids ging, mit einer gruseligen Halloween-Party.

Zum Glück lief die Finanzierung im Gegensatz zu den Genehmigungen hervorragend, vor allem die Werbung für das Crowdfunding. Lea schien erstaunlich viele Menschen von dieser kühnen

Idee überzeugen zu können. Fabian Köster war einer der ersten gewesen, der Anteile gezeichnet hatte. Julian Richter beteiligte sich mit der gesamten Stiftung und brachte noch einige schottische Whisky-Brennereien mit, die großes Interesse an verkaufsfördernden Veranstaltungen hatten.

Sogar der Anwalt Dr. Winter war von der Idee sehr angetan, denn als ihm Tessie bei seinem ersten Besuch auf dem Gelände davon berichtete, hatte er sich spontan dafür entschieden.

Aber Christian Winter war ein anderes Kapitel, das sie immer noch sehr beunruhigte. Mittlerweile fand sie es jedoch ganz angenehm, in ihm einen klugen Gesprächspartner zu haben, bei dem sie sich in manchen Fragen rückversichern konnte.

Allerdings ließ sich ihr Herzklopfen nicht einmal bei langweiligen Steuerfragen beruhigen, vor allem, wenn Dr. Winter lächelte. Das spürte sie im gesamten Körper bis in die Zehen. Sie stöhnte bei dieser Erinnerung noch einmal genervt auf, aber das half in diesem Fall garantiert nicht weiter.

Auch Lea fand zurzeit keine Ruhe in ihrem kühlen Loft. Eigentlich hatte sie genügend mit der Gestaltung der Räume zu tun und auch die Werbung für das Crowdfunding, das sie unbeirrt weiter führte, nahm viel Zeit in Anspruch.

Aber das half ihr nicht über die Enttäuschung weg, bei diesem aufregenden Projekt nicht dabei sein zu können. Und nur wegen so etwas Banalem, wie Geld. In Heidi hatte sie sofort eine Verbündete gefunden. Auch sie wäre gerne dabei gewesen, hatte aber beim Umzug ihre Rücklagen verbraucht. Zwar zahlte sie in der neuen Wohnung eine geringere Miete, aber neu anzusparen, dauerte ihr einfach zu lange.

Deshalb suchte sie fast verbissen nach einem Zusatzverdienst und war gleich dabei, als Lea auf die Idee kam, Spitzenmenüs als Catering-Leistung anzubieten. Für unterschiedliche Anlässe stellten sie Fünfgänge-Menüs zusammen und ergänzten sie mit passenden Weinen aus Julians Geschäft.

Der Enthusiasmus, mit dem sie sich anfangs in dieses Vorhaben gestürzt hatten, verflog aber schneller als erwartet. Schuld war natürlich die Hitze, denn eigentlich war die Idee spitzenmäßig. Bei dieser Meinung blieb Lea immer noch.

Aber leider nicht im Sommer, das fanden schließlich beide einträchtig. Also abgehakt!

Deshalb hatte Lea auch etwas Zeit, als Polly sie bat, mit ihr einige gut geführte Kaffeehäuser anzusehen und Ideen für die Raumgestaltung und das Angebot ihres ersten eigenen Cafés zu sammeln.

Da Polly vorher noch eine Eistorte ausliefern musste, verabredeten sie sich an dem kleinen Park in der Nähe des Cafés, das dem berühmten Gerbeaud am Vörösmartiy tér in Budapest nachempfunden war. Lea fand sogar eine Bank, die einigermaßen im Schatten lag. Es war schon wieder drückend heiß und obwohl sie nur ein leichtes olivfarbenes Top mit großem Ausschnitt trug, musste sie ständig den Schweiß abtupfen. Und die Halskette war bei dieser Hitze auch lästig, da sich das Metall ziemlich erhitzte.

Lea öffnete den Verschluss und noch während sie die Kette in der Hand hielt, fuhr ein junger Mann mit seinem Fahrrad blitzschnell an ihr vorbei und riss sie ihr aus der Hand.

Aber er hatte nicht mit Polly gerechnet, die gerade auf die Bank zugehen wollte.

Als der Dieb mit seinem Rad auf ihrer Höhe war, trat sie so kräftig gegen den Rahmen, dass der Fahrer stürzte und die Kette genau in ihre Richtung flog. Sie fing sie geschickt auf und zog dann den Jugendlichen hoch. Er war nicht verletzt, aber sichtlich geschockt.

„Und jetzt verzieh dich! Wenn dich meine Oma erwischt, bist du geliefert.“

Der Dieb warf einen ängstlichen Blick auf Lea, die näher kam und verschwand in Windeseile.

„Ich hoffe, das ist ihm eine Lehre. Sein Gesicht hättest du sehen müssen, als ich ihn vor dir gewarnt habe“, lachte Polly und begrüßte Lea.

„Da hat er zu Recht Angst bekommen, ich bin stinkwütend. Das ist das letzte Geschenk von Henry gewesen.“

Polly betrachtete die Kette genauer, bevor sie sie Lea wieder in die Hand drückte.

„Jetzt ist ja alles wieder in Ordnung. Aber eins verstehe ich wirklich nicht, wenn du unbedingt beim Hotel-Projekt dabei sein willst, warum öffnest du dann nicht deinen Tresor?"

Lea sah sie so erstaunt an, dass Polly nachsetzte.

„Na, der Anhänger an deiner Kette ist doch der Schlüssel von einem Bankschließfach."

Lea besah sich den goldfarbenen Schlüssel jetzt auch genauer.

„Du denkst wirklich, dass der zu einem Schließfach gehört?"

„Sicher, frag Mam, wenn wir wieder zurück sind, die kennt sich mit Banken besser aus als ich."

Nach einem erstklassigen Eiskaffee und unzähligen Skizzen, die Lea gemacht hatte, beschäftigte sie das Geheimnis um die Kette nach der Rückkehr immer noch.

Aber Tessie hatte wieder viel zu tun, also vertagte Lea ihre Fragen bis nach dem Abendessen. Und jetzt hatte sie die volle Aufmerksamkeit der anderen. Jeder versuchte das winzige Gebilde zu deuten.

Auch Tessie beugte sich darüber. „Wenn es von einer Bank ist, müsste dann nicht der Name darauf stehen? Hier steht nur S 3/2. Polly sagt, du hast den Schlüssel von Henry?"

Lea schluckte, es fiel ihr immer noch schwer, über Henry zu sprechen, aber hier brauchte sie vermutlich die Hilfe der anderen dringend.

„Henry hat ihn mir kurz vor seinem Tod gegeben, ich dachte es sei ein Schmuckstück. Allerdings hat er gesagt, das sei für den Fall, wenn er mal nicht da sein sollte und ich Hilfe brauchte.“

„Aber was sollst du dann machen? Hat er dir vielleicht noch etwas ans Herz gelegt?“ Tessie griff sofort zu Stift und Block, um Hinweise zu notieren, während Polly weiter fragte.

„Hat er dabei irgendeinen Hinweis auf eine Bank gegeben? “

„Oder gab es einen versteckten Tipp?“ Rina hätte sich das gut vorstellen können.

„Nein, nicht das ich wüsste. Ihr glaubt, dass es so etwas wie eine geheime Mitteilung sein könnte? Gab es nicht auch so eine ähnliche Geschichte bei Miss Marple?“

„Ich erinnere mich nicht genau“, überlegte Tessie. „Meist geht es bei der Lösung solcher Rätsel, um den alles entscheidenden Hinweis. Der kann natürlich auch versteckt gewesen sein, wie eine Andeutung.“

Lea durchforstete ihr Gedächtnis, aber da war nichts, bis sie plötzlich zu lächeln begann.

„Doch, jetzt fällt es mir etwas ein. Er hat gesagt, sein Lieblingsdichter würde mir den Weg weisen.“

„Und wer war sein Lieblingsdichter?“ Rina kannte zwar keine Dichter, aber die Frage schien berechtigt, denn die Erwachsenen nickten alle.

„Ich besitze nur zwei Bücher mit Gedichten, eines von Heine und eines von Eichendorff. Henry hatte überhaupt keins, also kann er nur meine gelesen haben“, grinste Lea. „Einmal hat er mir ein Gedicht von Eichendorff gewidmet, das Intermezzo."

„Kannst du es noch oder ist das Buch in der Nähe?", rief Polly aufgeregt.

„Rein theoretisch könnte Eichendorff auch bei Miss Marple vorgekommen sein", überlegte Tessie. „Aber da wir es nicht genau wissen, gehen wir vor wie in *16.50 Uhr ab Paddington*. Dort sagt Miss Marple*, gesunder Menschenverstand muss ausreichen*."

„Wenn du meinst, dass uns das Gedicht weiterbringt, hole ich es."Lea sprang auf und verließ den Raum.

Am Tisch herrschte immer noch gespannte Aufmerksamkeit, als sie zurückkam und das Gedicht las:

Dein Bildnis wunderselig hab ich im Herzensgrund,
das sieht so frisch und fröhlich mich an zu jeder Stund.
Mein Herz still in sich singet, ein altes schönes Lied,
das in die Luft sich schwinget und zu dir eilig zieht.

Man konnte deutlich an den Gesichtern sehen, wie jeder krampfhaft versuchte, mehr in den Zeilen oder dazwischen zu lesen und den versteckten Sinn zu deuten. Aber da war nichts.

„Schade", seufzte Lea, „es klang einfach zu gut."

Während sich die Erwachsenen schon wieder über die fehlende Gaststättenkonzession unterhielten, schlichen sich Rina und Charlie mit dem Buch und einem Teller in Tessies Büro.

„Wir sind doch gute Detektive, wir müssen das aufklären", begann Rina eindringlich, während Charlie schon an seinem Laptop saß. Rina schob den Teller über den Tisch in seine Nähe. „Ich habe uns Kuchen mitgebracht. *Wo Kuchen ist, da ist Hoffnung.* Das sagt meine Mami immer und die brauchen wir. Grannie Lea ist so traurig. Wir müssen ihr helfen und herausfinden, woran dieser Henry gedacht hat."

Charlie sah sie unschlüssig an. „Was hätte denn Flavia getan? Hast du keinen Tipp von ihr?"

„Das ist der Tipp, wir müssen denken wie Henry. Flavia sagt*, im wahren Leben rattert das Gehirn nicht wie ein Zug von A nach B. Es ist eher so, als ob du mit einem Hammer auf Wackelpudding haust und es spritzt nach allen Seiten.*"

Charlie griente. „Das wird eine ziemliche Schweinerei. Aber ich verstehe, wir brauchen viele Ideen, um zu entdecken, wie er möglicherweise vorgegangen ist."

„Vielleicht könntest du im Internet nachsehen, ob das S für diesen Dichter eine besondere Bedeutung hat, die uns weiter hilft. Vielleicht war er ein Schotte, wie die anderen Freunde von Grannie und schon hätten wir die richtige Bank."

„Garantiert nicht, sonst hätte er doch englisch gedichtet", schnaubte Charlie. „Aber ich schaue nach und wenn das nichts bringt, können wir immer noch das Buch analysieren. Ich habe so eine Idee."

Nach fünf Minuten war klar, dass Eichendorff kein Schotte, sondern ein ziemlich berühmter deutscher Dichter war, deshalb arbeiteten sie emsig am 2. Vorschlag.

Im großen Raum saß die Familie noch zusammen und genoss den leichten Abendwind, der durch die weit geöffneten Fenster zog, als die beiden siegessicher hereinplatzten.

„Wir haben das Rätsel gelöst", rief Rina aufgeregt, schränkte aber gleich wieder ein. „Das glaube ich jedenfalls."

Dann erläuterte Charlie den staunenden Zuhörern, wie sie vorgegangen waren.

„Wir haben erst nachgesehen, ob dieser Eichendorff irgendeinen Bezug zum Buchstaben S hat, aber jetzt wissen wir, er ist kein Schotte. Dann haben wir das Gedichtbuch analysiert."

Rina unterbrach ihn. „Wir wollten wissen, wie viele Gedichte mit S beginnen."

„Davon gibt es 42." Charlie überhörte gelassen das Stöhnen der Anwesenden und setzte fort. „Wenn wir davon alle abziehen, die mit Sch, mit Sp oder St beginnen, reduziert sich diese Zahl deutlich."

„Wenn nämlich der zweite Buchstabe wichtig gewesen wäre, hätte er auch auf dem Schlüssel von Grannie Lea gestanden", erklärte Rina, die sich neben Charlie richtig gut fühlte. Besser hätte Flavia das auch nicht hingekriegt.

„Übrig blieben 19 Gedichte, die in Frage kämen", übernahm wieder Charlie. „Davon gibt es aber nur 4, die 3 Strophen oder Abschnitte haben. Wir haben sie alle gelesen und sind uns einig.“

„Es müssen die Sonette sein!“ Rina hüpfte vor Freude auf der Stelle. „Wir haben dich gerettet, Grannie Lea.“

„Aber wie kommt ihr denn auf die Sonette?“ Lea war sich nicht sicher, ob sie dieses Gedicht jemals gelesen hatte, aber Charlie begann sofort zu zitieren.

„Im 3. Teil der Sonette geht es um goldene Ströme, das hat bestimmt etwas mit Geld zu tun.“ Er freute sich als die Erwachsenen beifällig nickten.

„Aber die nächste, die 2.Strophe ist noch viel wichtiger“, betonte Charlie, „weil es dort ganz klare Hinweise auf einen Ort gibt.

„Vier goldene Brücken sind dort kühn geschlagen, darüber alte Brüder sinnend wallen…“

„Also ich kenne nur eine Bank, an der es goldene Brückenbögen gibt und auch noch die Denkmäler von zwei Brüdern stehen, das ist das Bankhaus Silberstein“, rief Tessie freudig. Dann sah sie, dass Lea ganz blass geworden war und strich ihr beruhigend über die Schulter.

„Ich kenne das Bankhaus“, flüsterte Lea ergriffen. „Henry hatte dort Geschäftskonten. Aber was machen wir denn jetzt? Ich kann doch nicht einfach dorthin gehen und fragen, ob sie ein Schließfach haben, in das mein Schlüssel passt.“

„Das klären wir auch noch“, beruhigte sie Tessie. „Aber erst werden wir die beiden Junior-Detektive hochleben lassen. Das war

wirklich eine fantastische Leistung. Miss Marple wäre stolz auf
euch gewesen und Flavia bestimmt auch. Wenn ihr das Fabian erzählt, nimmt er das bestimmt in sein neues Buch auf."

Schon am nächsten Tag machten sich Lea, Tessie und Polly auf den
Weg zum Bankhaus Silberstein. Und natürlich wollten auch die
beiden Junior-Detektive die Ergebnisse ihrer Ermittlung direkt be-
staunen. Da sie aber nicht alle in die inneren Räume gehen durften,
blieb Polly mit ihnen an der Brücke, um die Standbilder der Brüder
Grimm zu bewundern und Märchenrätsel zu lösen.
Während Tessie forsch den Schalterraum durchquerte, folgte ihr
Lea wesentlich zögerlicher.
Sie hatte keine Angst, natürlich nicht, auch nicht vor einer mögli-
chen Enttäuschung, nur so ein komisches Gefühl im Bauch, das sie
die Begegnung mit den Bankleuten hinauszögern ließ.
Das änderte sich jedoch, als ein älterer Herr mit graumeliertem
Haar freundlich lächelnd auf sie zukam. „Frau Sommer, das ist ja
fantastisch, dass sie schon da sind. Henry befürchtete, sie würden
länger brauchen, um das Rätsel zu lösen."
Er bat sie in sein Büro und erklärte ihr, dass das Schließfach schon
vor mehreren Jahren auf ihren Namen eingerichtet worden sei.
„Es gehört daher nicht zum Erbe, sondern ist schon sehr lange ihr
Eigentum. Wenn ich jetzt den Schlüssel prüfen dürfte, dann können
wir gleich ins Untergeschoss gehen."

Lea schien diese Wendung gar nicht fassen zu können, sie zitterte so am ganzen Körper, dass Tessie ihre Schultern umfasste und sie beim Gehen stützte.

Nachdem der Schlüssel passte und Herr Silberstein mit dem Bankschlüssel ebenfalls geöffnet hatte, zog er sich diskret zurück.

Tessie drückte Lea auf den Stuhl neben dem Ablagetisch und zog neugierig den Metallkasten aus dem Schließfach.

Beide hielten den Atem an, als sie ihn auf den Tisch legte und öffnete. Dann starrten sie beide wie gebannt auf die Banknoten, die in zwei große Pakete gepresst waren. Daneben lagen noch 4 Goldbarren, etwas größer als Schokoriegel.

Lea schüttelte staunend den Kopf. „Ich glaube, ich muss hier sitzen bleiben, meine Knie sind so schwach, ich kann nicht mal aufstehen. Hast du jemals so viel Geld auf einem Haufen gesehen?"

Auch Tessie war geschockt. „Bestimmt nicht, weder das Geld noch das Gold. Sollen wir das jetzt zählen oder was müssen wir machen?"

Sie sah noch einmal in das Fach. „Ich dachte es gäbe eine Anleitung, ja, hier liegt ein Brief, der an dich adressiert ist."

Sie reichte Lea den Umschlag, den die, als sie Henrys Schrift erkannte, sofort in ihre Handtasche gleiten ließ.

Seine letzten Worte hier zu lesen, hätte sie absolut überfordert, das würde sie zuhause tun. Aber es war ein gutes Gefühl, das alles zu erleben, wie eine letzte Verbindung zu ihrer großen Liebe.

Lea atmete noch einmal tief ein und begann so langsam etwas
Freude zu empfinden und Dankbarkeit dafür, wie gut Henry für sie
vorgesorgt hatte, wohl wissend, dass seine habgierige Schwester ihr
jedes Erbe streitig gemacht hätte.

 Aber jetzt wollte sie das auch mit seinen Worten hören.

„Ich möchte jetzt nach Hause und seinen Brief lesen", erklärte sie
mit viel mehr innerer Ruhe als vorher. „Und nimm von diesem Pa-
ket 5.000 als meine Einlage für das Hotel, alles andere behalten wir
als Reserve. Und jetzt lass uns nach draußen gehen, wir brauchen
alle ein Eis."

Natürlich jubelten die Kinder über das Eis, aber noch mehr darüber,
dass sie Grannie Lea mit ihrem Spürsinn gerettet hatten und dass es
dabei sogar um echtes Gold gegangen war.

„Das ist wie im Märchen!" Rina war ganz begeistert. „Wir haben
das Rätsel gelöst und für Grannie Lea Gold gefunden. Schade, dass
wir es nicht anfassen durften. Eigentlich habe ich richtiges echtes
Gold noch nie gesehen. Und du?"

 Charlie griente. „Bisher nur im Museum, aber wir werden die Idee
aufgreifen, für ein Spiel, das die Kinder in der Ritterburg spielen
können. Wenn sie alle Rätsel gelöst haben, winkt ein Goldschatz."

„Das ist echt cool!" Rina sah ihn bewundernd an. „Aber es müssen
schwere Rätsel sein."

„Logo", brummte Charlie.

Die Entdeckung von Leas Schatz, der ihre finanziellen Probleme beendete, beherrschte die Gespräche beim gemeinsamen Abendessen mindestens eine Woche oder länger, während die Arbeit weiter ging.

Für Lea war es weniger die Geldsumme, sondern eher der besondere Moment, Henrys Schrift auf dem Briefbogen zu sehen und seine letzten Worte zu lesen, an die sie sich klammerte und die sie sich immer wieder in Erinnerung rief. Natürlich hatte er nicht geglaubt, sie könne das Rätsel nicht lösen, wie der Bankier angedeutet hatte.

Henry kannte sie etwas besser, deshalb hatte er eher erwartet, dass sie zu stolz wäre, um Hilfe anzunehmen

Lea lächelte gelassen, wenn sie darüber nachdachte, beide Männer hatten sich geirrt. Aber welcher Mann wusste schon so genau, wie eine Frau reagieren würde? Vor allem eine Amazone, wie sie!

Ungefähr zwei Wochen danach stürmte Heidi am späten Nachmittag in Tessies Büro. Charlie, der sich dort so lange beschäftigen wollte, bis sein Vater mit Snoopie vom Tierarzt zurückkam, übersah sie in ihrem Eifer.

„Endlich habe ich auch einmal Glück! Jetzt kann ich mich wie ihr auch, am Event-Hotel beteiligen. Das ist doch noch möglich, oder?"

Tessie lächelte und winkte sie in die Sitzecke, wo immer kühle Getränke standen. „ Natürlich ist das noch möglich. Bist du überraschend doch noch zu Geld gekommen?"

„Ja, ich habe geerbt. Ich weiß nicht, ob ich dir je erzählt habe, dass meine Mutter lange Zeit in Frankreich war, um Malerei zu studieren. Sie ist eigentlich nur zurückgekommen, um mich zur Welt zu bringen, dann ging sie wieder nach Paris. Deshalb weiß ich auch nicht, wer mein Vater war. Aufgewachsen bin ich dann bei meiner Großmutter, weil meine Mutter schon früh verstorben ist. Die vielen Farbdämpfe seien nicht gut für ihre Lunge gewesen, hat sie immer gesagt.

Meine Großmutter musste alle Bilder verkaufen, um die medizinische Behandlung zu finanzieren, aber es hat nicht geholfen. Sie hat sich deswegen oft gegrämt, denn früher waren sie und ihre Familie ziemlich reich. Sie hatte jedoch einen Halbbruder, ein ziemlich mieser Typ, der sie betrogen und alles Geld verspielt hat, auch die Treuhand-Fonds, die als Erbe für meine Mutter und mich angelegt waren und die heute Millionen wert wären.“

„Das tut mit leid.“ Tessie strich ihr mitfühlend über die Schultern. Heidi lächelte dankbar. „Wahrscheinlich hätte ich gar nicht gewusst, was ich damit anfangen sollte. Ich habe mein Leben lang gearbeitet und war damit auch zufrieden. Aber nach diesem Schreiben dachte ich, dass meine Mutter vielleicht doch noch etwas Geld gerettet und über Freunde angelegt hat. Mit so einem Erbe hätte das Universum ja die Ungerechtigkeit wieder ausgeglichen. Hier ist das Schreiben von dem Anwalts.“

Tessie betrachtete den Brief mit einer gewissen Vorsicht.

Sie hatte schon oft gehört oder gelesen, dass sich betrügerische Firmen, die Sehnsucht vieler Menschen, von Unbekannten große Summen zu erben, zunutze machten, um zu kassieren.

Meist wurden dann unter den verschiedensten Vorwänden Geldbeträge gefordert, wie Verwaltungsgebühren oder auch notwendige Steuern, um das Vermögen schnell frei zu bekommen oder die Summe zu sichern, bevor die Voraussetzungen entfielen.

Andererseits könnte das Schreiben in Heidis speziellem Fall auch echt sein. Daher wollte sie ihr nicht die Freude darüber nehmen.

„Hier steht nur, dass du 1,5 Millionen erbst. Aber nicht, dass du zu einer Testamentseröffnung eingeladen wirst oder wer der Erblasser ist. Haben die dir noch irgendetwas mitgeteilt?"

„Nein." Heidi schüttelte den Kopf. „Ich soll nur meine Kontoverbindung mitteilen und dann würden sie sich wieder wegen der Formalitäten melden."

„Und wenn es Betrüger sind, die nur dein Konto räumen oder es für kriminelle Zwecke nutzen wollen? Du hast doch noch nichts übermittelt?"

„Nein, natürlich nicht. Ich wollte erst mit dir reden und das war wirklich richtig. Ihr seid schließlich die, die Miss Marple fast in den Schatten stellen. Wenn ich nur daran denke, wie ihr das Rätsel von Leas Kette gelöst habt. Könntest du nicht auch herausfinden, ob das Betrüger sind oder wirklich alles echt ist?"

Tessie grinste. „Dafür haben wir einen Spezialisten. Charlie, du hast doch bestimmt schon gut zugehört. Hier ist das Schreiben des Anwalts. Versuche doch bitte mal, diese Kanzlei in Paris zu finden.“

Charlie, der die ganze Zeit reglos an seinem Arbeitsplatz gesessen hatte, gab sich keine Mühe, sein Lauschen zu verbergen.

Er salutierte prompt mit zwei Fingern an der Schläfe, nur sagte er jetzt grinsend: „Wird gemacht, Oma Tessie!“

Dann flogen seine Finger nur so über die Tastatur, aber bevor er mit seinem eigenartigen Pfeifen beginnen konnte, rief er schon.

„Ich habe sie. Es gibt diese Kanzlei und sie ist in der Rue Montmartre 65 und sie scheint ziemlich groß zu sein.“

Heidi sprang jubelnd auf und riss erfreut die Arme nach oben, sank aber sofort auf ihren Stuhl zurück, als Charlie erneut auf die Tastatur hämmerte und rief.

„Aber die, die den Brief geschrieben haben, das sind Gauner! Der Name stimmt, die Straße stimmt, aber nicht die Hausnummer. Nach dem Straßenverzeichnis von Paris, gibt es diese Hausnummer überhaupt nicht. Und die Telefonnummer ist auch falsch.“

„Danke Charlie, du bist wirklich ein Ass!“ Tessie klopfte ihm auf die Schulter. „Ich glaube, dass das dein Hund ist, der zum Fenster herein sieht.“

„Snoopie ist zurück!“ Charlie sprang auf und rannte aus dem Büro.

Heidi hatte sich inzwischen etwas gefasst und machte sich Luft, um über ihre Enttäuschung weg zu kommen.

„Jetzt bin ich echt wütend. Solche Schweine spielen mit der Hoffnung der Menschen, nur um Kasse zu machen. Das ist echt widerlich", schimpfte sie. „Wie gut, dass ich gleich zu dir gekommen bin. Ihr seid echt gut im Ermitteln, aber ein anderes Ergebnis wäre mir lieber gewesen. Es ist wirklich schade, dass ich jetzt doch nicht dabei bin."

„Lass dir Zeit", riet ihr Tessie. „Setz dich nicht unter Druck. Du arbeitest doch sowieso an dem Projekt mit und einsteigen kannst du auch später noch."

Es war gut gemeint, löste jedoch nicht Heidis Problem, die sich derartig auf diese Sache versteift hatte und danach ständig zwanghaft über neue mögliche Geldquellen nachgrübelte.

Nach ein paar Tagen griff Lea ein und klopfte am Nachmittag mit Cupcakes und Eiskaffee bei Heidi, um ihr nach den süßen Leckereien den Kopf zurecht zu rücken.

„Hör endlich auf zu grübeln, dabei fällt dir sowieso nichts Sinnvolles mehr ein. Lass uns lieber über etwas Praktisches reden, in diesem Fall über etwas Kreatives. Hast du Ahnung von der Tiffany-Technik?"

Heidi lächelte hoffnungsvoll. „Natürlich, ich hatte sogar einen Kurs an der Volkshochschule. Was willst du denn machen?"

Lea breitete ihre Skizzen aus. „Ich brauche für zwei Suiten im Jugendstil noch Lampen, Spiegelrahmen und ein Oberlicht. Vielleicht können wir das gemeinsam basteln?"

„Ich wäre dabei, eine Lampe habe ich schon mal gemacht. Aber was ist ein Oberlicht? So etwas wie eine Deckenlampe?"

Lea schüttelte den Kopf. Nachdem sie dann ihre Vorstellungen mit einem großen Rechteck beschrieben und das meiste mit den Händen angedeutet hatte, kramte Heidi in ihrem Wandschrank und kam mit einer bemalten rechteckigen Glasscheibe zurück. „Meinst du so etwas?"

Lea sah kurz auf die Bemalung und glaubte ihren Augen nicht zu trauen. Obwohl sie ihre Brille niemals sichtbar in der Öffentlichkeit trug, zog sie sie in diesem Fall aus dem Etui.

Dann sah sie noch einmal genauer hin, registrierte wieder überrascht das unverkennbare, leuchtende Blau und ihr blieb vor Staunen fast der Mund offen stehen.

„Wo, wo hast du das denn her?" Sie stotterte fast, so unglaublich erschien ihr das, was sie sah.

Heidi sah sie etwas irritiert an. „Das ist noch von meiner Mutter. Sie hat es von ihrem Lehrer bekommen, ein alter Herr, aber ein Genie, hat meine Mutter immer gesagt."

„Das glaube ich gerne."

Jetzt lächelte Lea und freute sich für Heidi. „Wenn ich mich nicht all zu sehr irre, ist das ein Fensterbild von Chagall. Ein ziemlich frühes Werk, denn danach hat er nur noch Kirchenfenster gemacht und nicht diese Motive, die an Zirkus erinnern."

Heidi sah sie nur sprachlos an und hob die Schultern, um ihr

Unverständnis zu zeigen.

„Marc Chagall war ein sehr berühmter Künstler und das könnte ein bisher unbekanntes Werk sein. Wenn du das verkaufst, brauchst du dir keine Sorgen mehr zu machen."

Obwohl Lea sie erfreut umarmte, konnte Heidi das einfach noch nicht fassen. „Du meinst wirklich, dass das Geld bringt? Als die Großmutter damals alle Bilder verkauft hat, wollte es keiner haben."

„Das ist ein Glücksfall der Geschichte", lachte Lea. „Ich weiß, wo du eine sachkundige Bewertung bekommst und wo es auch gleich versteigert werden kann."

Einige Tage später berichtete sie beim gemeinsamen Abendessen.

„Heidi und ich waren heute bei diesem englischen Auktionshaus. Und stellt euch vor, das Glasbild ist wirklich ein Chagall!"

„Und kriegt sie jetzt doch eine Million?" Rina machte große Augen und auch Charlie wartete gespannt auf die Antwort.

Lea lächelte, wie in letzter Zeit sehr häufig. „Eine Million wird es wahrscheinlich nicht werden, aber es könnte fast heranreichen, weil es wirklich eine Sensation für die Kunstwelt ist.

Übrigens hat ein Dr. Winter das Kunstwerk bewertet, ist das ein Verwandter von deinem Anwalt?"

Tessie verdrehte die Augen bei der Frage ihrer Mutter. „Er ist nicht mein Anwalt, wir klären nur geschäftliche Dinge."

„Ach, neulich habe ich gehört, dass ihr beide fast eine Stunde miteinander gesprochen habt?"

Tessie war nicht bereit, erneut zu dementieren und blieb einfach stumm. Aber Lea war noch nicht fertig. „Eigentlich ist es schade, dass ich nun das Chagall-Fensterbild nicht mehr als Oberlicht einbauen kann. Damit wäre unser Hotel über Nacht berühmt geworden."

„Mutter", jetzt lächelte Tessie milde. „Das ist wirklich hart für deine Design-Ambitionen, aber…"

Ehe sie weiter sprechen konnte, riefen Polly und Rina lachend: „Es hätte schlimmer kommen können!"

Rettung aus dem Pflegeheim

Wer lachen kann, dort wo er hätte heulen können, bekommt wieder Lust zum Leben. – Werner Finck

Anfang September schien sich das Wetter sehr sicher, den Sommer noch länger ausdehnen zu können, aber wenigstens war es nicht mehr so furchtbar heiß. Tessie hatte wie immer sehr viel zu tun. Endlich kamen nach und nach die lange erwarteten Genehmigungen für die Eröffnung des Hotels, die Schankkonzession und einiges anderes.

Und jetzt hätte sie vier Hände haben müssen, um alles zu erledigen, was anstand. Dazu kam noch, dass Charlie, ihre treueste Hilfe am Computer, wieder zur Schule ging. Er besuchte inzwischen die 4. Klasse und ihre Enkelin die 3. Klasse, was Rina als ungerecht empfand, da sie lieber neben ihrem neuen Bruder gesessen hätte. Beide hatten sich während der Ferien tolle Sachen für die Ritterburg und das Abenteuerprogramm für Kinder ausgedacht, während ihr Vater Dennis mit seinem begnadeten Talent, dafür gesorgt hatte, dass ihre Ideen auch genauso nachgebaut wurden.

Zurzeit konzentrierte sich alles auf die Eröffnung der drei Läden hinter den großen Bogenfenstern im Erdgeschoss des Baumhauses. Dort hatten Lea und Dennis wahre Wunder vollbracht.

Als erstes würde Pollys Café an den Start gehen, das schon den schönen Namen *Blaue Stunde* trug und in angenehm entspannenden, samtigen Blautönen eingerichtet war.

Als Tessie ihren täglichen Rundgang machte, sah sie, dass bei Polly schon eine große 5 im Schaufenster, den Eröffnungstermin ankündigte und Fotos, Appetit auf das Angebot dieses Tages machten.

Tessie ging jedes Mal das Herz auf, wenn sie das hübsche kleine Café mit Backstube betrachtete. Sie wusste, wie viel es Polly bedeutete, auf eigenen Beinen zu stehen und das zu tun, wofür sie wirklich sehr viel Talent mitbekommen hatte.

An Pollys Geschäft grenzte der eigentliche Entspannungstempel, *Nadines Spa,* das von Pollys Freundin und deren Schwester geführt wurde.

Auch hier hatte Lea, als Chefdesignerin, beruhigende helle, blaugrüne Farbtöne eingesetzt, so dass man schon beim Anblick das wohlig entspannte Gefühl hatte, sich an einer tropischen Lagune zu befinden.

Fehlt nur noch das Wellenrauschen, dachte Tessie und schob beim Weitergehen ihre verspannten Schultern nach hinten.

Sie war schon als Stammkundin bei Nadine avisiert, denn seit sie nur noch im Büro saß, fehlte der körperliche Ausgleich.

Deswegen würde sie sich öfter eine Wellness-Massage oder ein Aroma-Bad gönnen. Aber darauf musste sie noch ein wenig warten, denn bei Nadine kündigte erst eine 8 die Eröffnung an.

Diese witzige Idee stammte natürlich von Lea und ihrer Vorliebe für Einrichtungssendungen im amerikanischen Fernsehen.

Auch die Webseiten der Geschäfte machten so auf die Eröffnung aufmerksam.

Im nächsten Laden, der eine kühne Kombination aus Blumen, Schmuck und Geschenken anbieten würde, stand eine 12 im Schaufenster, neben einem kunstvollen Rosengesteck in weiß und rosa.

Hier gab es offensichtlich noch einiges zu tun.

Eigentlich hatte Tessie nur drei Läden im Erdgeschoss geplant, die für die Anwohner, aber später auch für das Hotel arbeiten würden.

So konnte sie für ihre Gäste ein fantastisches Angebot von Kuchen und Gebäck sichern, Behandlungen in *Nadines Spa* für Paare anbieten und auch jederzeit Blumen für das Restaurant und die Hotelhalle sichern.

Und natürlich hatten sich alle drei auch bereit erklärt, mit kleinen Kursen zum Eventprogramm beizutragen.

Das letzte kleine Geschäft, das weniger nach außen wirken sollte, war eher ein Zufallsprodukt.

Tessie war in einer der IT- Firmen gewesen, um nach einem Spezialisten für die Hotel-Website zu suchen. Der Geschäftsführer hatte ihr einige junge Leute empfohlen, mit denen sie sich auch unterhalten hatte. Ausgerechnet der hellblonde Sven, der für Tessie eher so aussah, wie ein Schüler im Praktikum, schien für sie am besten geeignet. Er hatte sich ihr Anliegen ruhig angehört und dann in seinem nordischen Akzent einen Tausch vorgeschlagen.

„Ich könnte die Seite so für Sie gestalten, dass Sie später unkompliziert damit arbeiten können. Das ist ganz einfach, weil meine Eltern in Bergen auch ein Hotel haben."

„Sprechen Sie deshalb so gut Deutsch?" Tessie war etwas überrascht.

Er lächelte. „Nicht nur, obwohl wir häufig deutsche Gäste haben. In Norwegen lernen viele neben Englisch auch Deutsch in der Schule. Und ich wollte unbedingt hier arbeiten, deshalb habe ich vielleicht ein wenig mehr gelernt. Aber es geht um meinen Bruder, der gerne kocht und hier keine Stelle findet. Ich würde Ihre Website gestalten und pflegen, wenn Sie ihm dafür den Raum im Erdgeschoss vermieten. Da könnte er dann seine *Suppenstation* einrichten und uns wäre auch geholfen."

Nachdem sogar der Geschäftsführer die Idee unterstützte, stimmte Tessie zu. Seitdem versorgten die Jungs zur Mittagszeit wahre Massen an jungen Leuten mit Suppe, vegetarischen Schüsseln und selbstgebackenen, belegten Broten, die Mats, der Bruder, mit seinem Transporter pünktlich anlieferte. Auch sie hatte das Angebot bereits gekostet und für gut befunden. Natürlich durfte das Lea, die auch die Chefköchin des Hotels sein würde, nicht wissen.

Zurück im Büro, hatte sie kaum die ersten Briefe angesehen, als Lea in einem neuen olivfarbenen Zweiteiler herein rauschte, sich in einen Sessel warf und stöhnte. „Welche Farbbotschaft soll ein Laden haben, in dem alles bunt ist?"

Tessie lächelte nur geduldig, das betrachtete Lea offensichtlich als Einladung dafür, weiter zu machen. „In einem Blumenladen braucht man Kühlmöglichkeiten, das ist klar, auch Arbeitstische für Sträuße und Dekorationen. Aber wieso braucht diese Frau jetzt auch noch Basteltische und Sitzgelegenheiten?"

Da Tessie immer noch nicht reagierte, stöhnte Lea mitleiderregend laut. „Und dann braucht sie Regale, aber sie weiß nicht genau wofür, weil sie noch keine Ahnung hat, was sie anbieten möchte. Wie soll ich da etwas zustande bringen?"

Innerlich musste Tessie jetzt grinsen. Denn *diese Frau* war Jessica, die Tochter einer Bekannten, die mit 22 schon genau wusste, was sie wollte und sich deshalb bei Lea gut behauptete.

Sie sah ihre Mutter mitfühlend an. „Das muss furchtbar für dich sein und deine Kreativität belasten. Aber wenn es raus muss, dann schlage ich *kontrolliertes Jammern* vor."

Lea betrachtete sie misstrauisch. „Was bedeutet das?"

„Es ist wissenschaftlich belegt, dass unser Gehirn bei endlosem Jammern zu schrumpfen beginnt, deshalb schaue ich jetzt auf die Uhr und du hast genau 10 Minuten, um zu jammern. Dann ist aber Schluss."

Lea holte tief Luft. „Na ja, das Ganze ist eben nicht so einfach für mich, aber eigentlich bin ich jetzt schon fertig."

Dann brachen beide in Lachen aus. „Das ist eine echt gute Methode", kicherte Lea. „Hast du die auch aus dem Kindergarten?"

„Nein." Tessie schmunzelte. „Das hat Katja bei mir gemacht, wenn ich alle meine Probleme bei ihr abgeladen habe."

„Das hätte ich bei dir auch nicht tun sollen. Eigentlich wollte ich mich ja bessern und an einem neuen Spruch orientieren, den ich gut finde. Aber ich schenke ihn dir, du brauchst ihn eher als ich, falls noch jemand kommt, um zu jammern."

Damit schob sie eine kleine Karte über den Tisch und verschwand.

Erst als Tessie alleine war, zog sie die Karte zu sich und las:

Der Weg zu absoluter innerer Ruhe und wirklicher Weisheit führt über diese 5 Wörter – Das ist nicht mein Problem! Wenn es doch nur so einfach wäre, dachte sie, musste aber dennoch schmunzeln.

Am nächsten Tag fiel ihr der Spruch wieder ein, als eine ziemlich entschlossene Abordnung an ihre Tür klopfte. Sie war gerade dabei, mit Lea die Gestaltung der kleinen Hotelhalle zu planen, als sich Heidi, Nicki und eine verweinte Henny bei ihr meldeten.

„Wir würden gerne etwas mit euch besprechen", begann Heidi.

„Von Dennis weiß ich, dass in der Ritterburg drei Studentenwohnungen sind, zurzeit werden aber nur zwei bewohnt. Könnte Nicki in das dritte Appartement ziehen?"

Tessie wunderte sich zwar über das Anliegen, aber nicht darüber, dass Heidi das Wort führte, denn die betrachtete sich schon lange als Ersatzmutter der beiden.

„Fühlst du dich hier nicht gut?"

Bei ihrer Frage an Nicki, schaute die nur zu ihrer Freundin und Henny antwortete. „Das ist alles meine Schuld, aber ich möchte, dass meine Omi zu mir zieht. Ich muss sie einfach retten, weil sie gegen ihren Willen in einem Pflegeheim festgehalten wird. Deswegen dachte ich, wir holen sie dort raus und sie zieht in Nickis Zimmer, damit ich mich um sie kümmern kann."

Lea schüttelte den Kopf, als könnte sie nicht glauben, was sie gerade hörte. „Vermutlich hat noch keine von euch jemals die Geschichten von Miss Marple oder überhaupt einen Krimi gelesen! Was glaubt ihr denn, wo die Polizei zuerst nach ihr sucht, wenn du deine Großmutter entführst?"

Henny senkte beschämt den Kopf, beharrte aber auf ihrem Anliegen. „Ich muss sie aber retten, sie vergiften sie sonst!"

Tessie schaute noch einmal zu dem klugen Spruch vom Vortag. Sollte sie jetzt sagen: *Das ist nicht mein Problem?*

Nein, entschied sie, bei Ungerechtigkeit kann man so nicht herangehen, bei Unrecht muss man eingreifen. Aber dafür brauchte sie mehr Informationen. „Wieso ist deine Oma eigentlich im Pflegeheim, ist sie krank?"

„Nein." Henny wirkte erleichtert über das Interesse. „Sie ist zwar schon über Achtzig, war aber noch nie krank. Sie sagt immer, sie sei wie ein altes Zirkuspferd und die werden nicht krank, solange die Scheinwerfer an sind."

„Aber wie ist sie denn dann ins Pflegeheim geraten?"

„Als meine Eltern damals auf der Autobahn verunglückt sind, war meine Tante auch dabei. Nach ihrem Tod fing dann ihr Mann ganz plötzlich an, sich für Omi zu interessieren, obwohl er sich vorher kaum hat sehen lassen. Onkel Winfried hat ihr Sachen besorgt oder für sie eingekauft oder sie mit ins Konzert genommen.

 Ich habe mir nichts dabei gedacht, weil ihr die Aufmerksamkeit gut getan hat. Wenn ich gewusst hätte, dass er sie in dieser Zeit alle Dokumente hat ändern lassen, hätte ich eingegriffen, denn davon versteht sie einfach nichts. Sie versteht auch kein Schriftdeutsch, schließlich ist sie in Ungarn geboren.“

„Das heißt, dass er jetzt über eine gültige Vorsorge- und vermutlich auch eine Betreuungsvollmacht verfügt und rechtens alles entscheiden kann, auch was mit allem geschieht, was ihr gehört. Habe ich das richtig verstanden?“

Tessie war entsetzt. Das wäre nicht zum ersten Mal, dass eine Betreuungsvollmacht derartig ausgenutzt wurde und meist blieb wirklich wenig Spielraum, um solches Unrecht zu stoppen.

„Besitzt denn deine Großmutter irgendwelche Reichtümer oder ist dieser Onkel von Natur aus ein Fiesling?“

Lea fühlte sich bereits im Ermittlungsmodus. Bei allen Krimis ging es doch immer um das nachvollziehbare Motiv und das war meistens Geld oder wie Miss Marple gesagt hätte, *das Problem ist die Gier der Menschen, sie wollen immer mehr haben, als ihnen zusteht.*

Henny zuckte die Schultern. „Ich weiß nichts von Reichtümern, Omi hat nur ein kleines Haus. Aber Onkel Winfried hat ihr mitgeteilt, dass es abgerissen werden soll, weil dort eine Straße gebaut wird. Selbstverständlich würde er sich um entsprechenden Wohnraum für sie kümmern."

„Das mit der Straße stimmt", warf Heidi ein. „Wir vermuten aber, dass er die Großmutter in dem Pflegeheim verschwinden lassen will, um selbst das Haus zu verkaufen und das Geld zu behalten. Die Stadt kauft die Häuser, also werden die Preise ziemlich hoch sein."

Lea schüttelte den Kopf, sie hatte schon oft Dreistigkeiten erlebt, sich aber immer wehren können. Nur wenn jemand sogar daran gehindert wurde, das war für sie einfach unerträglich. Da mussten sie etwas tun. „Was war denn mit der Wohnung? Hat er sich wenigstens gekümmert?"

Henny schüttelte den Kopf. „Es gab keine Wohnung. Er hat ihr gesagt, sie könne in eine Senioren-Residenz ziehen, solle sich aber die Räume vorher ansehen. Sie hat dort eine kleine Wohnung mit zwei Zimmern gesehen, die ihr sehr gut gefallen hat. Zum Abschluss, sagt sie, gab es sogar Sekt zu Anstoßen. Dann wurde ihr übel oder sie war ohnmächtig, das weiß sie nicht genau. Aufgewacht ist sie in einem kleinen Zimmer, wo sie ans Bett gefesselt war und täglich irgendwelche Tabletten bekommt. Nur gut, dass sie mich gleich angerufen hatte."

Tessie konnte es nicht fassen. „Die fesseln alte Menschen ans Bett?“

„Ja“, bestätigte Henny. „Sie sagen, sie müsste zu ihrem eigenen Schutz fixiert werden. Sie habe eine psychische Störung und könnte sich sonst verletzen, vor allem wenn sie nachts alleine sei. Auch tagsüber darf sie sich nur in Begleitung bewegen, damit sie wegen ihrer Anfälle keine anderen Bewohner verletzen könnte. Aber das glaube ich niemals! Meine Omi ist ein lieber, netter Mensch und bestimmt nicht psychisch krank. Wir hatten schließlich in der Ausbildung genügend Informationen darüber.“

„Du sagst, sie darf sich nicht alleine bewegen?“ Lea hegte einen bösen Verdacht.

„Nein, aber da sind sie wirklich nett. Da sie schon ein wenig schwach auf den Beinen geworden ist, wird sie mit dem Rollstuhl überall hin gebracht. Manche Pfleger sind da einfach reizend, sagt meine Omi.“

„Und ich sage, das ist eine ganz fiese Masche, die pflegen die Leute krank! Vor einiger Zeit habe ich darüber in einem Buch gelesen, ja ich lese nicht nur Krimis.“

Diese Bemerkung ging in Tessies Richtung. „Dort wird eindrucksvoll beschrieben, wie schnell der menschliche Körper abbaut, wenn er nicht gefordert wird. Sie fixieren deine Oma ans Bett, damit sie sie nicht zu kontrollieren brauchen, sie fahren sie im Rollstuhl, damit sie wegen ihrer Schwäche nicht zu gehen braucht. Aber geht es ihr damit besser? Nein! Muskeln, die nicht gefordert werden, bilden sich zurück. Sie wird schwächer und schwächer und dann wirklich krank. Leute, die so etwas absichtlich mit alten Leuten machen, sind Verbrecher."

„Und sie bekommt auch noch Tabletten, ziemlich viele Tabletten. Das was sie an einem Tag bekommt, hat sie gesammelt und wir haben es letztes Mal heraus geschmuggelt. Aber jetzt lassen sie uns nicht mehr hinein."

Nicki legte nach dieser Information eine kleine durchsichtige Plastikschachtel auf den Tisch, die Lea aufmerksam betrachtete.

„Das sind mehr als 20. Wir müssen mit Fabian reden. Wenn jemand ein Labor kennt, das so etwas untersuchen kann, dann er."

Tessie nickte und wandte sich dann an Henny. „Hast du überhaupt noch eine Möglichkeit, mit deiner Großmutter in Kontakt zu kommen?"

„Ja." Jetzt grinste Henny. „Wir haben ihr ein Prepaid-Handy dagelassen, das auf Vibration geschaltet und nur für den Notfall ist. Sie hat es in der Toilette versteckt."

Tessie prüfte ihre Notizen und wandte sich an Lea. „Wenn du mit Fabian wegen eines Labors sprichst, werde ich mit Dr. Winter abklären, wie man die Situation rechtlich werten muss und welche legalen Möglichkeiten wir eventuell noch haben.

Wenn da nichts mehr zu machen ist, brauchen wir einen anderen Plan. Zum jetzigen Zeitpunkt sieht es so aus, dass ihr euch alle strafbar macht, wenn ihr sie herausholt. Es hilft deiner Großmutter nicht, wenn dein Onkel euch alle verklagt und sie trotzdem eingesperrt bleibt. Also haltet euch noch ein wenig zurück. Wenn es wirklich keinen anderen Weg gibt, dann mache ich selbst den Plan, wie wir sie retten. Dazu brauchen wir noch einige Ideen und ein paar Leute mehr. Und wenn alles so läuft, wie wir uns das vorstellen, dann kommt die alte Dame in die Ritterburg und eure Wohnung bleibt sauber. Einverstanden?"

Noch nicht ganz zufrieden, aber etwas hoffnungsvoller, verabschiedeten sich die drei.

„Das wünsche ich mir auch, dass sich jemand so für mich einsetzt, falls das notwendig ist", erklärte Lea versonnen.

Aber Tessie lächelte nur. „Du vergisst das Wesentliche. Bei uns gibt es keine Männer, die uns verkaufen können und wir Amazonen halten zusammen, wie Pech und Schwefel."

„Vor allem das letztere, schön, dass wir einer Meinung sind", lachte Lea und nahm die Tablettenschachtel mit, während Tessie Christian anrief.

Ja, inzwischen waren sie beim Du, sie und der Mann mit den aufregenden Augen. Er hatte sie auch schon zweimal zum Essen eingeladen und sie hatten sich sehr angenehm unterhalten. Manchmal glaubte sie schon, dass da auch mehr sein könnte, war sich aber nie ganz sicher. Er war von einer Frau geschieden, die ihn dabei kräftig abgezockt hatte und vermutlich deswegen sehr zurückhaltend.

Tessie hätte seine Vorbehalte ausräumen können, da die Ehe für sie sowieso keine Option war, aber noch genügte ihr sein Bemühen um sie nicht, noch wollte sie deutlicher spüren, dass er sie wirklich wollte. Mit Zwanzig hätte sie bei einem Mann, der ihr gefiel, selbst die Initiative übernommen, aber mit Ende Vierzig schien das nicht mehr so einfach.

Sie schüttelte lächelnd den Kopf darüber, wohin sich ihre Gedanken schon wieder verirrt hatten und konzentrierte sich erneut auf die Erläuterungen von Christian. Aber schon die leicht heisere Stimme, ließ wohlige Schauer über ihren Rücken wandern. Dennoch gelang es ihr, sich Notizen für das weitere Vorgehen zu machen. Was davon als erstes zu tun sei, würde sie konkret entscheiden, wenn die alte Dame hier wäre.

Am Nachmittag, als Charlie seine Hausaufgaben erledigt hatte und sich langweilte, weil Rina bei einer Geburtstagsfeier nur für Mädchen war, ließ Tessie ihn noch ein wenig zu diesem Pflegeheim im Netz recherchieren. Wie immer salutierte er lässig. „Wird gemacht, Oma Tessie!"

Kurze Zeit später sah sie ihm über die Schulter auf die Ergebnisse. Es gab auffällig viele positive Kommentare, die dem Pflegeheim bestätigten, den verstorbenen Angehörigen wundervolle, letzte Tage ermöglicht zu haben. Es waren aber auch sehr viele Bewohner, die verstarben und das auch noch enorm schnell. Sie war sich nicht sicher, wie das einzuschätzen wäre. Natürlich wurden dort häufig Schwerstkranke eingeliefert und vielleicht war es ein Segen, dass sie bereits nach zwei oder drei Wochen verstarben.

„Uns fehlen Vergleiche", murmelte sie. „Das ist alles sehr sonderbar und ich weiß nicht, ob es normal ist oder eher besorgniserregend."

Sie wollte gerade zu ihrem Platz zurückkehren, wo der Kaffee lockte, war aber sofort hellwach, als ihr Charlie einen besonderen Eintrag zeigte, den wahrscheinlich nur er so schnell finden konnte.

Leiter dieses Pflegeheims war ein Josef Schwinghammer, das war noch nichts Besonderes, höchstens die Tatsache, dass er vorher einen Autoverleih gemanagt hatte.

Seine Frau Anna, im Heim auch seine Stellvertreterin, war dagegen gelernte Altenpflegerin, aber vor zwei Jahren wegen Misshandlung von anvertrauten Personen in 4 schweren Fällen, rechtskräftig verurteilt worden. Hätte es denn da nicht eine Regelung geben müssen, die verhinderte, dass so jemand überhaupt in die Nähe von Pflegebedürftigen kam? Sie musste unbedingt mit jemandem reden, der sich in diesem Milieu auskannte.

Heidi hatte offensichtlich den gleichen Gedanken, denn sie fragte am nächsten Tag telefonisch an, ob sie mit einer Besucherin in der bewussten Angelegenheit vorbei kommen könnte. Tessie bat auch Lea dazu, die sich ebenso verantwortlich fühlte, zu helfen.

Etwas früher als zum vereinbarten Termin kam Heidi mit einer älteren Dame mit blausilbernen Haaren, die sich aber trotz ihres Alters flink bewegte und sie aus wachen graublauen Augen ansah. „Das ist Hilda, eine Berühmtheit in der Südstadt", stellte Heidi sie vor. „Sie hat die bekannte schnelle Eingreiftruppe, nur mit Frauen, gegründet und vor ihr soll sich sogar der Bürgermeister fürchten." Hilda lachte. „Das ist natürlich schamlos übertrieben, aber wir Frauen haben tatsächlich einige Leute das Fürchten gelehrt, der frühere Baustadtrat und der Leiter des Gesundheitsamtes gehörten auch dazu. Aber mich interessieren Ihre Probleme mit dem Pflegeheim, da sammeln wir bereits seit einiger Zeit Informationen."

Bevor sie antworten konnte, eilte Lea herein, sah Hilda überrascht an und begrüßte sie dann, wie eine gute Bekannte.

Tessie sah erstaunt von einem zum anderen, wurde aber vom Telefon unterbrochen. Deshalb schob sie den Frauen zunächst die Information über die Vorstrafe der stellvertretenden Leiterin zu und ging mit ihrem Handy einige Schritte zur Seite, um zu hören, was Fabian nach so kurzer Zeit schon herausgefunden hatte.

„Ich bin gerade bei meiner Bekannten im Labor. Offensichtlich lässt bereits irgendeine Stelle die Medikation prüfen, denn sie kannte schon die Zusammensetzung."

„Das ist gut. Meinst du, wir sollten jetzt einfach abwarten?"

„Auf keinen Fall! Du weißt, wie endlos Amtswege dauern können und dieses Gemisch ist explosiv". Fabians Stimme wurde eindringlicher. „Anfangs dachte ich eher an Verwechslungen durch überarbeitetes oder nicht ausgebildetes Personal, aber meine Fachfrau sagt, es sei viel schlimmer! Die mischen Beruhigungsmittel, Schlafmittel und Antihistaminika in ziemlich hohen Dosen. Das macht Menschen anfangs lustlos und träge, dann kommen Schwindel, Trittunsicherheit und Darmbeschwerden dazu und schon sind sie Leute bettlägerig und müssen *gepflegt* werden. Meist genügt dann ein banaler Infekt oder ein schwaches Herz und sie sterben. Eine Kopie der Ergebnisse bringe ich mit."

Tessie war total entsetzt und gab diese schockierenden Ergebnisse natürlich gleich weiter.

Auch Lea schüttelte fassungslos den Kopf. „Es ist gut, dass wir Hilda dabei haben, wir beide kennen uns schon ewig und wissen, diese Sache stinkt gewaltig. Wieso fällt so etwas den Angehörigen nicht auf?"

Hilda lächelte etwas verhalten. „Natürlich fällt es den Menschen auf, die ihre Angehörigen lieben, von denen stammen unsere Hinweise. Aber wenn drei Enkel horrende Summen zahlen müssen, damit der demente Großvater, der keinen mehr erkennt, gut versorgt wird, dann ist es für die eine Erleichterung, wenn es dann schnell geht. Und ich glaube, das hat diese Leute auf ihre *Geschäftsidee* gebracht. Sie lassen es sich bezahlen, damit unbeliebte Angehörige verschwinden. Aber dafür haben wir leider keine Beweise."

„Ich verstehe. Jemand müsste versuchen, einen Angehörigen dort unterzubringen und der sollte vielleicht verkabelt sein oder auf andere Art Hinweise sammeln können. So läuft das im Krimi."

„Das ist eine Superidee von dir!" Heidi strahlte Lea begeistert an. „Ich würde die Rolle der dementen Alten übernehmen und Tessie versucht mich loszuwerden."

Tessie lachte. „Als ob ich das nicht schon seit Jahren versuchen würde, doch ich hänge auch an dir. Aber du meinst das nicht ernst, oder?"

„Doch, wir haben doch nichts zu verlieren und könnten viele Leute retten."

„Ich finde den Vorschlag auch toll und vor allem machbar." Hilda war ganz begeistert. „Wenn ich hier nicht so bekannt wäre, wie ein bunter Hund, hätte ich das selbst gemacht. Mit allem, was wir bereits gesammelt haben und was Sie noch heraus finden, wird sich dann der Staatsanwalt beschäftigen müssen und zwar so schnell, wie möglich."

Nachdem Tessie wieder alleine war, rief sie den Leiter des Heimes an, erzählte von einem Notfall und vereinbarte einen Besichtigungstermin für den kommenden Tag.

Am Morgen klingelten Henny und Nicki schon sehr früh und sehr aufgeregt bei Tessie. „Heidi hat einen Magen-Darm-Infekt, sie kann unmöglich das Haus verlassen. Aber heute ist doch der Termin im Pflegeheim, soll eine von uns die Rolle übernehmen?"

„Also Kinder, das geht wirklich nicht!" Lea, die bei Tessie frühstücken wollte, hatte gerade noch den letzten Satz gehört. „Selbst mit zwei Kilo Schminke, könnt ihr nicht die Mutter von Tessie geben."

„Macht euch keine Sorgen", beruhigte Tessie die Mädchen. „Wir finden eine andere Lösung."

Sobald sie alleine waren, setzte sie fort. „Natürlich können sie nicht meine Mutter spielen, das brauchen sie auch nicht. Schließlich habe ich eine."

Lea sah sie entsetzt an. „Du meinst, ich soll? Auf keinen Fall! Nein, Nein und nochmal Nein!"

„Mutter sieh es doch mal anders", versuchte es Tessie. „Das ist eine einmalige Chance. Du als Spionin, so wie Mata Hari."

Jetzt war Lea beleidigt. „Mata Hari, das war im ersten Weltkrieg. So alt bin ich nun auch nicht."

Tessie überlegte verzweifelt, welche Detektive erfolgreich in andere Rollen schlüpften, aber sie erinnerte sich nur an Sherlock Holmes, der das dauernd machte. Nur war der ein Mann und damit für Lea kein wirklich überzeugendes Argument. Da fiel ihr doch noch etwas ein „Ich erinnere mich an einen Roman, in dem Miss Marple auf einer Busreise verdeckt ermittelt hat, als nette alte Schachtel. Du könntest diese Rolle übernehmen. Und wenn wir die ganze Schminke abgewaschen haben, bekommst du eine Sonderbehandlung bei Nadine. Die erproben ja schon die Abläufe."

Jetzt lenkte Lea ein. „Na ja, wenn es so etwas wie eine Hauptrolle ist, dann kann ich schlecht ablehnen. Aber Agatha Christie hat eine dezentere Formulierung verwendet. *Eine zerstreute alte Dame, das ist selbstverständlich eine erstklassige Tarnung,* sagt Miss Marple in *Nemesis,* bevor sie die Busreise antritt. Aber ich schminke mich nicht selbst auf alt!"

Nachdem sich Lea endlich entschlossen hatte, rief Tessie ihre Tochter Polly und Nadine zu Hilfe, die in relativ kurzer Zeit aus einer gepflegten Dame in den besten Jahren, eine blasse, hinfällige Person zauberten, die mit ausdrucksloser Miene und bläulichen Schatten im Gesicht wirklich sehr krank aussah.

„Hoffentlich kriegen wir das wieder ab", flüsterte Lea, als sie vor dem Heim aus einem Taxi stieg. „Ich kann kaum reden und schon gar nicht lachen."

„Bloß nicht", mahnte Tessie, musste dann aber doch grinsen. „Daran könnte ich mich gewöhnen. Aber jetzt, auf in den Kampf!"

Auch auf der Rückfahrt, diesmal holte Polly sie ab, schwieg Lea eisern. Erst als sie sich zuhause, abgeschminkt und in ihrem grünen Zweiteiler wieder präsentabel fühlte, kam sie zu den anderen, die in Tessies Büro gespannt auf sie warteten. Vor den erstaunten Augen aller, zog sie vergnügt ihr Handy aus der Jackentasche.

„Das hatte ich die ganze Zeit auf Empfang geschaltet und das hat sich gelohnt. Während Tessie mit dem Leiter die Räume angesehen hat, haben mich die zwei Frauen im Büro behandelt wie ein Möbelstück, das nichts hört und nichts sieht. Aber gehört habe ich eine ganze Menge. Das ist jetzt Anna Schwinghammer, die sich mit einer anderen unterhält." Die Aufnahme knisterte etwas, aber dann hörten sie klar und deutlich:

Hast du die blauen Lippen von der Alten gesehen, die ist doch fast schon über den Jordan! Das wird wahrscheinlich ein Schnelldurchlauf, kommt drauf an, wie viel die Familie zahlt. Jetzt kannst du sehen, wie das bei uns läuft. Ab 5.000 erlösen wir sie schnell von ihrer Verpflichtung, wenn nicht, müssen sie halt länger für den Aufenthalt zahlen.

Lea schaltete das Gerät aus. „Sie hat sich mit der zweiten Frau so unterhalten, als wäre die noch neu und würde erst eingewiesen. Sie schien mir auch etwas vorsichtiger zu sein."

Dann schaltete sie das Gerät wieder ein und jetzt war eine andere Stimme zu hören: *Sprich doch nicht so laut! Vielleicht kriegt sie doch etwas mit.*

Und dann wieder die erste Stimme: *Die nicht und wenn doch, wird sie es nicht überleben!*

„Da läuft es einem kalt über den Rücken und man wünscht sich, möglichst nie pflegebedürftig und vor allem nicht solchen Leuten ausgeliefert zu sein." Tessie schaute prüfend über ihre Hilfstruppen und nickte Henny zu, bei der schon wieder die Tränen rollten.

„Damit ist es beschlossene Sache, wir holen deine Oma dort raus, und zwar schon morgen. Ab 18.30 Uhr soll sie sich bereit halten.

Herr Schwinghammer hat mir erzählt, dass nachts nur ein Mitarbeiter da ist. Die Pflegebedürftigen windeln sie schon um 17.00 Uhr, die liegen dann bis zum Morgen. Nur so, hat er betont, könnten sie die günstigen Sätze für die Unterbringung halten. Wir werden also so vorgehen:

Henny du versteckst dich seitlich vom Eingang, dort ist nur ein kleiner Zaun, den schaffst du. Für 18.30 Uhr organisiere ich eine Ablenkung vor dem Heim, das übernehmen Dennis und Charlie. Wenn der Pfleger nach draußen läuft, wovon ich ausgehe, rennst du hinein, zum Zimmer deiner Großmutter und löst ihre Fixierungen. Dann hilfst du ihr zum Fenster. Dort werden euch Sven und Mats in Empfang nehmen und hierher bringen. Sie haben einen Transporter, falls deine Oma doch noch einige Sachen mitnehmen möchte."

Henny nickte entschlossen, nur Nicki wandte ein. „Wenn du deine Großmutter losmachen und zum Fenster bringen musst, wer packt dann ihre Sachen? Wenn das Auto groß genug für uns alle ist, dann würde ich gerne helfen."

Tessie nickte nur, wehrte aber alle anderen Hilfsangebote ab.

„Polly und Lea kümmern sich um die Eröffnung des Cafés. Das ist auch wichtig."

Nachdem sie noch einmal alles geprüft hatte, wartete sie auf eine Vorahnung, die sie eventuell abhalten könnte.

Aber da war nichts. Also gab sie alle Informationen, einschließlich des Gesprächsmitschnitts, wie vereinbart an Hilda und ihre Eingreiftruppe weiter und widmete sich dann ihren persönlichen Vorbereitungen, denn ihre Freundin Katja hatte sich angesagt.

Bisher kannte sie das neue Sommer-Karree noch nicht und war sehr gespannt auf alles, worüber Tessie am Telefon gejubelt oder gestöhnt hatte.

Nach einem letzten Blick auf ihre Terminplanung war sie zufrieden. Wenn alles klappte, käme Katja erst, wenn die Rettungsaktion vorbei wäre und Tesssie freute sich auf beides.

Am nächsten Tag ging sie bei ihrem Rundgang als erstes zu Pollys Café und konnte sich kaum daran sattsehen, wie hübsch alles aussah. Die unterschiedlichen Blautöne wirkten sich auch ohne Kaffee, so wohltuend auf ihre unterschwellige Aufregung aus, dass sie am liebsten hier geblieben wäre.

Polly, die schon beim Arbeiten war, steckte den Kopf aus der Backstube und Tessie lächelte ihr anerkennend zu. „Ich könnte hier einfach nur sitzen, staunen und mich wohlfühlen, obwohl ich weder Kaffee noch Kuchen habe.“

Polly nickte. „Oma Lea ist ein Ass, was Farben betrifft, aber deine Auswahl ist auch nicht schlecht.“ Sie wies auf die blauen Westen und die hellblauen kurzen Plisseeröcke auf dem Kleiderbügel, die Henny und Nicki mit weißen T-Shirts, morgen zum Servieren tragen würden.

„Wenn das Hotel öffnet, kann ich dir die beiden nicht mehr leihen. Am besten suchst du dir Studentinnen für den Nachmittag."

Polly nickte etwas abwesend, das war noch lange hin. Jetzt musste sie sich auf morgen konzentrieren, ihren großen Tag.

„Meinst du, dass es reicht, was ich vorbereitet habe?"

Tessie unterdrückte ihr Lächeln. Diese Frage hatte Polly nicht nur ihr mehrfach gestellt, sondern jedem, der nicht rechtzeitig die Flucht ergriff. Bisher hatte sie ihre Tochter jedes Mal beruhigt, aber jetzt würde sie etwas anderes versuchen. „Was hast du denn als Reserve, falls es nicht reicht?"

Polly stutzte, zählte dann aber brav alles auf, was sie noch vorbereitet und gefrostet hatte. „Ja, ich denke, das reicht wirklich. Danke, Mam."

Am Nachmittag, als sich immer noch keine negativen Vorahnungen gemeldet hatten, war Tessie überzeugt, dass alles gut gehen würde. Als sie die letzten Vorbereitungen überprüfte, stürmte eine wütende Rina in ihr Büro und baute sich vor ihr auf.

„Das ist so ungerecht!", schimpfte sie und stemmte die Hände in die Hüften, wie Oma Lea. „Ich habe viel mehr von Flavia gelernt, wie man Kriminalfälle löst und Charlie darf heute mitmachen und ich nicht. Das ist Diskriminalisierung!"

Tessie lächelte beeindruckt, das war wirklich nicht mehr ihre schüchterne Enkelin, die sie vor einem halben Jahr kennengelernt hatte. „Bist du denn ganz sicher, dass du keine Aufgabe hast?"

Das nahm Rina den Wind aus den Segeln. „Nein, hätte ich dich fragen sollen?“ Zaghaft sah sie nach oben.

„Ich habe dich als meine Assistentin eingeplant und wir leiten die Aktion gemeinsam. Bist du dabei?“

Jetzt strahlte sie wieder. „Na klar! Super, Omi, das muss ich gleich Charlie erzählen.“

Und schon rannte sie, dass ihre Zöpfchen nur so flogen. Tessie sah dem Wirbelwind hinterher. Manchmal war es wirklich einfach, Menschen glücklich zu machen.

Pünktlich um 18.30 Uhr startete die Rettungsaktion.

Dennis und Charlie fuhren mit Fahrrädern am Pflegeheim vorbei und warfen Böller in den Vorgarten. Eigentlich wollte Charlie auch Snoopie mitnehmen, aber der mochte keinen Krach, Charlie schon. Und Böller werfen zu dürfen, machte riesigen Spaß.

Tessie, die mit Rina auf der anderen Straßenseite stand, sah auf ihre Uhr. Jetzt hätte der Pfleger kommen müssen, aber nichts geschah. Sie wartete noch einige Minuten und überlegte. Hatte sie irgendeinen Fehler in der Planung? Fiel jetzt alles ins Wasser?

„Wir müssen das Gelände auskundschaften, sagt Flavia immer“, flüsterte Rina.

Tessie nickte. „Du bleibst hier und beobachtest alles, ich schaue drüben nach.“ Sie rannte über die Straße und flankte über den kleinen Zaun, von den Mädchen links und rechts der Tür, grinsend beobachtet. „Ich schaue drin nach, hier stimmt etwas nicht.“

Die Eingangstür war nicht verschlossen. Sonderbar, dachte Tessie und tastete sich durch den dunklen Flur vorwärts. Schon nach kurzer Zeit konnte sie riechen und hören, weshalb sich niemand gemeldet hatte.

Der Pfleger lag, offensichtlich volltrunken, in einem Sessel und schnarchte laut. Auch als Tessie näher trat, rührte er sich nicht. Schnell ging sie zurück und winkte die Mädchen herein.

„Wir könnten deine Oma auch durch die Eingangstür gehen lassen, der Pfleger schläft so fest, der bekommt nichts mehr mit. Aber ich möchte vermeiden, dass uns jemand sieht. Die Rückseite des Gebäudes ist einfach sicherer."

Henny nickte nur und rannte dann mit Nicki zu den Patientenräumen, während Tessie die Eingangstür wieder sorgfältig schloss und möglichst unauffällig zu Rina zurück spazierte.

Mit Pollys Kleinwagen fuhr sie dann zur Rückseite des Hauses, in eine menschenleere Gasse und sah gerade noch die Abfahrt des Transporters.

Zurück auf ihrem Gelände klatschte sie Rina ab. „Du hast deine Sache sehr gut gemacht. Und jetzt lauf, du musst doch Charlie erzählen, was passiert ist."

Und ich werde mir jetzt die alte Dame mal ansehen.

Tessie war in ihrem Leben schon oft überrascht worden, aber nie so denkwürdig wie bei dieser *alten Dame*, die tatsächlich eher ein Zirkuspferd war. Schon als sie sich bei Sven und Mats für die Hilfe bedanken wollte, winkten die nur ab. „Das war ein Riesenspaß! Verrücktes Huhn, ist gar kein Begriff für Hennys Oma, sie hat die ganze Zeit gekichert und Witze gemacht."

Etwas irritiert lief Tessie zur Ritterburg, wo Henny und Nicki gerade die Sachen auspackten, während die Großmutter im Sessel saß. Als sie hörte, wenn sie vor sich hatte, hüpfte die *alte Dame* flink aus ihrem Sessel und umarmte Tessie ziemlich kraftvoll.

„Danke, dass Sie mich gerettet haben, ich wäre sonst dort drin vor Langeweile gestorben."

„Aber Omi, die hätten dich vergiftet!"

„Mit den Tabletten? Die habe ich alle in die Büsche unter dem Fenster geworfen."

„Das haben Sie ziemlich clever gemacht, trotzdem gibt es noch einiges, was getan werden muss, damit sie auch in Zukunft sicher sind. Heute Abend kommt meine Freundin Katja. Sie ist Heilpraktikerin und wird ihnen morgen helfen, falls es gesundheitliche Folgen gibt."

„Ich hoffe nicht, ich habe immer meine Muskeln trainiert, wenn die nicht aufgepasst haben. Wie soll ich denn sonst tanzen?"

Auf Tessies fragenden Blick, erklärte Henny. „Omi war Revue-Tänzerin. Sie kann heute noch super steppen."

„Nach dem Wochenende kommt unser Anwalt und hilft Ihnen, alle Vollmachten, die Sie auf Ihren Schwiegersohn ausgestellt haben zu ändern, wenn Sie das wollen."

„Ich würde dem Mistkerl lieber die Krätze an den Hals hexen oder sonstwas abschneiden, aber Anwalt geht auch. Sieht er gut aus?"

Tessie musste lachen. „Valerie, ich glaube, Sie passen sehr gut zu uns."

Als Katja am Abend kam, war sie nicht nur vom Sommer-Karree, sondern auch von Tessies Wohnung echt beeindruckt.

„Ich hätte mir nie vorstellen können, was für ein fantastisches Projekt du aufgebaut hast. Das ist toll! Und die Idee, aus diesen riesigen Büroräumen Lofts zu machen, ist wirklich genial."

Sie sah sich begeistert um. „Wo findet man schon so großzügige Räume? Ich beneide dich echt um diesen tollen Wohnraum mit Küche und Essbereich, alles in Grün und Champagner, wie aus einer Wohnzeitschrift. Und alles neu. Hat das auch Lea gemacht?"

Tessie lächelte zufrieden. „Das sind meine alten Möbel, wir haben sie lediglich frisch lackiert. Nur die Kücheninsel ist neu und eine Arbeitsplatte aus Quarz mit Wasserfallabschluss muss sein, sagt unsere Chef-Designerin. Aber du müsstest mal ihr Loft sehen, meins ist nur ein blasses Abbild, aber immerhin habe ich ein Gästezimmer."

„Und wer wohnt in den anderen Lofts? Jemand Berühmtes, den ich kennen müsste?"

„Schon möglich." Tessie lächelte, während sie das vorbereitete Abendessen in ihrem neuen Esszimmer servierte.

„Über mir wohnt ein Kriminalschriftsteller und in den anderen

Lofts eine Schauspielerin, über deren Scheidung, du bestimmt schon einiges in den bunten Blättern gelesen hast und darüber eine Fotografin, die schon ziemlich bekannt ist und auch schon fantastische Aufnahmen vom Karre gemacht hat, obwohl sie sonst eher Profi für Modeaufnahmen ist. Wir haben im gesamten Haus darauf geachtet, gute und sichere Wohnmöglichkeiten für Frauen zu bieten, dennoch wurden auch zwei Männer zugelassen, weil sie uns ganz besonders am Herzen liegen."

Der nächste Tag, Pollys großer Tag, begann mit einem wundervollen Sonnenaufgang, den sie sah, als sie den ersten Teig ansetzte und endete mit einem sich lange hinziehenden Sonnenuntergang, der Polly befürchten ließ, dass ihre Gäste überhaupt nicht mehr gehen wollten. Dazwischen lag eine sirrende Geschäftigkeit, die nun ihr Leben sein würde.

Ihr eigenes Café, schon der Gedanke war mit einem Hochgefühl verbunden, wie sie es bisher nur nach Rinas Geburt erlebt hatte oder wenn sie und Dennis…

„Polly, kommst du bitte mal." Ihre Träumereien wurden regelmäßig unterbrochen, von Gratulanten, Lokalreportern, begeisterten Kunden und auch von Vertretern der Firma, die ihr zweites Buch gesponsert hatten.

Alles war toll, aber irgendwann, lange nach der Schließzeit, schickte sie die Mädchen nach draußen und schloss die Tür ab.

Alle, die noch vergnügt auf der Terrasse saßen und sie feierten, warteten nicht auf Kaffee und Kuchen, sondern auf Stärkeres, das Lea ausgewählt hatte. Als Polly sich dann in Dennis Arme schmiegte und sich mit ihm zu Tessie, Lea und Katja setzte, wusste sie genau, was ihr früher immer gefehlt hatte. Ihre Familie konnte manchmal laut und auch fordernd sein, war aber garantiert immer da, wenn man sie brauchte. Das sollte ich ihnen auch mal sagen, dachte sie gerade, als plötzlich Musik ertönte.

Valerie kam mit einem Instrument, das wie ein kleines Akkordeon aussah.

„Eine Concertina“, flüsterte Lea, „so etwas habe ich schon ewig nicht gesehen.“

„Und ich habe schon lange keinen Menschen gesehen, der nach dieser Tortur so gesund ist, wie diese Frau.“ Katja lächelte anerkennend. „Andere würden daran zerbrechen und sie hat einfach nur Spaß. Wahrscheinlich sind wir Frauen doch das stärkere Geschlecht.“

Lea nickte überzeugt. „Das hat Miss Marple auch schon gesagt. Das sollte man ruhig öfter mal betonen.“

Aber dann konzentrierte sie sich auf die Musik. Henny und Nicki, die das Spiel schon kannten, jubelten beim Anblick des Instruments. „Schlager-Wunschkonzert!“

Während sich Tessie, Polly, Lea und Katja noch fragend ansahen, verwandelte sich Valerie hinter einem Wandschirm.

Mit dunkler Perücke und Brille sang sie *Weiße Rosen aus Athen.*

„Sie klingt wirklich wie Nana Mouskouri", rief Lea überrascht.

Offenbar besaß Valerie ein besonderes Talent auf diesem Gebiet,
denn auch bei dem folgenden Titel *Die Liebe ist ein seltsames
Spiel,* sang sie täuschend echt wie Connie Francis.

Im nächsten Titel *Theater,* klang sie nicht nur wie Katja Ebstein,
sie schien sogar etwas größer geworden zu sein.

„Die Frau ist fantastisch!" Lea sah Tessie an und wusste, dass sie
den gleichen Gedanken hatte.

Tessie nickte. „Wir haben sie gerettet und sie uns auch. Diese Frau
ist unser Joker für die musikalischen Reisen in die *50-ger, 60-ger
und 70-ger Jahre.*"

Lea lehnte sich zufrieden zurück. „So langsam glaube ich auch an
dein Credo. Es hätte wirklich schlimmer kommen können."

Charlie in Gefahr

Wer glaubt, die Größe sei für den Sieg entscheidend, hat noch nie eine Mücke im Schlafzimmer gehabt – unbekannter Verfasser

„Ich muss mit dir reden, es wird etwas Schlimmes passieren!"

Rina sah Charlie bedeutungsvoll an, aber der murrte nur.

„Und warum müssen wir dafür bei diesem Regen in der nassen Hecke sitzen?"

Bisher hätte der September gut und gerne als Sommermonat durchgehen können, aber ausgerechnet jetzt regnete es ohne Ende. Sonst saß er gerne mit ihr, in ihrem Geheimversteck im Rosenbusch, aber heute? Rina hatte wieder mal eine Vorahnung. Wie sie das machte, wusste Charlie nicht, allerdings stimmte bisher immer, was sie vorausahnte, aber musste deswegen kaltes Wasser in die Schuhe laufen? Er schüttete seinen Schuh aus und kroch dichter unter Rinas grünes Regencape.

Rina sah ihn bei seinem Einwand nur strafend an. „Flavia sagt, *bei feuchtem Wetter ist das menschliche Gehirn deutlich leistungsfähiger, als bei Hitze oder trockener Kälte.* Ich glaube, das kommt daher, dass wir früher mal Fische oder etwas Ähnliches waren. Und wir brauchen jede Hirnzelle, denn wir müssen einen Plan machen, gegen die Gefahr. Es geht um dich!"

Charlie grinste. „Da musst du dir überhaupt keine Gedanken machen, Snoopie beschützt mich doch.“

„Und wo ist er jetzt?“

„Er ist bei Oma Valerie. Da bleibt er doch immer, wenn wir Unterricht haben.“

„Und du hast ihn nicht abgeholt?“

„Nein, er wollte nicht. Ich glaube, er ist wasserscheu.“

„Da siehst du es, du kannst dich nicht darauf verlassen. Außerdem werden sie dich betäuben.“

Jetzt grinste Charlie erst recht. „Dann mache ich das wie Oma Valerie und schmeiße die Tabletten aus dem Fenster.“

Da wurde Rina richtig wütend. „Charlie Braun, sei kein Holzkopf! Und wenn sie dir eine Spritze geben?“

Das machte Charlie nachdenklich, aber nicht ängstlich. „Wie ist das eigentlich bei deinen Vorahnungen? Kannst du schon genau sehen, was passieren wird?“

Rina überlegte nur kurz und schüttelte dann den Kopf.

„Und kannst du schon vorher sagen, ob es gut ausgeht?“

Jetzt lächelte sie stolz. „Meistens, ja.“

„Und wie ist es bei dieser Gefahr?“

„Da kann ich noch nichts Genaues erkennen. Es wird schlimm, aber nicht lange dauern.“

„Und weißt du auch, wer es ist?“

„Nein.“

„Also habe ich schon einen Plan.“ Nun klang Charlie fast ein wenig überheblich. „Ich werde immer aufpassen, nichts Süßes von Fremden nehmen und nicht zu Unbekannten ins Auto steigen."

Das war zu viel für Rina. „Charlie Braun, du bist wirklich ein Holzkopf und du hast ein Loch im Strumpf!"

Charlie störte sich nicht an ihrer zürnenden Miene und betrachtete seinen großen Zeh, der durch den Strumpf ragte. „Das ist kein Loch, das ist Strumpfkaries! Und vermutlich ansteckend, sei vorsichtig!"

Rina machte nur eine Handbewegung, die seinen sonderbaren Geisteszustand andeuten sollte und rannte mit ihrem Cape ins Beerenhaus. Eigentlich wollte Charlie auch dorthin, hatte aber plötzlich so ein komisches Gefühl. Wenn an Rinas Warnung doch etwas dran wäre?

Einen Moment fühlte er ein wenig Angst, aber nur kurz. Er würde mit Oma Tessie darüber sprechen oder auch mit Oma Lea, er war ja nicht mehr alleine, so wie früher. Aber vorher würde er noch in Pollys Café einen Schoko-Cupcake abstauben, Schokolade half immer.

Aber diesmal blieb das komische Gefühl, das auch Tessie sehr ernst nahm, als er sie fragte. „Wenn Rina ihre Vorahnungen hat, kann man sich darauf verlassen. Ich habe auch das Gefühl, dass etwas Unangenehmes kommt. Du solltest schon auf dem Schulweg vorsichtig sein und nicht jeden wissen lassen, dass du auf dem Computer ein solches Ass bist. Oder auch keinem verraten, was du schon alles auseinander nehmen oder reparieren kannst."

„Mich fragt doch sowieso keiner", murmelte Charlie. „In meiner Klasse sind nur die Sportler gefragt."

„Hast du eigentlich mal etwas von deiner Mutter gehört?"

Bei Tessies Frage sah er sie völlig verständnislos an. „Na, klar, ich habe mir doch gerade einen Cupcake geholt."

Tessie freute sich, wie selbstverständlich er ihre Tochter schon als Mutter bezeichnete. „Ich meinte Pia."

Charlie schüttelte entschieden den Kopf. „Nein und das will ich auch nicht. Sie interessiert mich nicht. Sie hat meinem Paps und mir das Leben schwer gemacht, ich hasse sie!"

Obwohl Charlie noch nie Vorahnungen hatte und auch gar nicht wusste, wie er das hinkriegen sollte, war er auf dem Weg zur Ritterburg felsenfest überzeugt, wenn es eine Gefahr gab, dann konnte sie nur von dieser Pia kommen. Damit war es wirklich Zeit, einen Plan zu machen und sich die Gefahr genauer anzusehen.

Nachdem Charlie gegangen war, widmete sich Tessie wieder ihren Unterlagen. Christian, der Anwalt, hatte ihr die neu ausgefertigten Vollmachten von Valerie geschickt und auch Aktuelles zum Pflegeheim mitgeteilt. Inzwischen war die Leitung des Heims festgenommen und die Bewohner in anderen Einrichtungen untergebracht worden. Hennys fieser Onkel Winfried war seitdem auch verschwunden. Kein Wunder, dachte Tessie erbost. Immerhin hatte er das Haus seiner Schwiegermutter verkauft und das Konto bis auf ein paar Reste geräumt. Valerie würde also auch weiterhin in der Ritterburg bleiben und freute sich schon auf ihre wichtige Rolle im Programm *Reisen in die 50-er, 60-er und 70-er Jahre.*

Wenn sie an Valerie dachte, musste Tessie immer schmunzeln, denn die *alte Dame*, die sie erwartet hatte, bezeichnete sich selbst als *heißer Feger* und hatte genügend Kondition, um mit den Studenten in der Ritterburg zu feiern, lehrte sie aber auch Tanzen und gutes Benehmen.

Auf jeden Fall, war sie eine interessante Bereicherung im Sommer-Karree.

Auch Charlie fand Oma Valerie sehr interessant, weil sie Sachen wusste, von denen er überhaupt keine Ahnung hatte, die ihn aber faszinierten. Bestimmt würde sie auch etwas zu Rinas Befürchtungen sagen können. „Glaubst du an Vorahnungen?“

Valerie sah ihn einen Moment überrascht an. „Ja, natürlich. Hast du welche?“

„Nein.“ Charlie schüttelte ganz entschieden den Kopf, denn das komische Gefühl in seinem Bauch, war wahrscheinlich nur Hunger.

„Rina hat Vorahnungen und sie sagt, ich bin in Gefahr.“

„Hat sie auch gesagt, um welche Gefahr es sich handelt?“

„Nein, aber ich denke, es wird wieder Pia sein, die Frau, die früher meine Mutter war.“

Während sich Snoopie tröstend an seinem Bein rieb, erzählte Charlie die ganze Geschichte, zumindest das, was er wusste. Wie ihn diese Mutter verlassen hatte, als er ganz klein war und wie sie ihnen später das Leben schwer machte und er deswegen sogar entführt wurde.

Valerie ersparte sich den Kommentar zu einer solchen Mutter und konzentrierte sich mehr auf die praktische Seite. „Hast du ein Bild von ihr?"

„Nein, sie hat mich nicht interessiert, aber ich denke, jetzt ist es an der Zeit, *dass ich mir ein Bild vom Feind mache,* sagt Flavia auch."

„Wir können noch etwas machen." Valerie erhob sich, kramte in einem Kästchen und reichte ihm einen kleinen braunen Stein mit gelblichen Streifen. „Dieser Stein heißt Tigerauge, den schenke ich dir und du trägst ihn immer in deiner Hosentasche. Du hast ja genügend davon."

Charlie sah an seinen Cargohosen herab und grinste. „Die Taschen brauche ich auch. Aber wenn ich den Stein in der Tasche habe, macht der da irgendetwas?" So ganz geheuer schien ihm die Sache doch nicht zu sein, obwohl der Stein wunderbar schimmerte.

„Natürlich, aber nichts Schlimmes. So wie ein Tiger im Dunkeln sehen kann, hilft dir das Tigerauge klar zu sehen, was du als Nächstes machen musst. Und du fühlst dich damit stark genug, deine Probleme zu lösen."

„Danke, Oma Valerie, das ist gut. Jetzt kann ich Rina beruhigen." Wegen des Regens trabte er dann mit Snoopie schnell zurück zum

Beerenhaus. Vor Tessies Büro wischte er die Hundepfoten ab und zog seine nassen Schuhe aus.

Schließlich war hier auch sein Arbeitsplatz und Oma Tessie bezeichnete ihn immer als ihren Spezialisten, also musste er sich auch so verhalten. Nach einer Stunde am Laptop hatte er alle Fotos gefunden und ausgedruckt, die das Internet von Pia Eckardt hatte. Sie war jetzt 30 und bei vielen festlichen Gelegenheiten fotografiert worden. Charlie betrachtete lange ihr Gesicht. Insgeheim befürchtete er noch immer Ähnlichkeiten zu finden, aber diese Frau war und blieb ihm fremd.

In den Lokalzeitungen stand, dass sie in der Villa des reichen Autohändlers Karl-Heinz Otte lebte und schon deswegen konnte sich Charlie absolut keinen Grund vorstellen, weshalb diese Frau zu einer Gefahr für ihn werden könnte.

Sein Vater Dennis sah das anders, als er am nächsten Tag, wütend in Tessies Büro kam und ihr das Schreiben eines Anwalts zeigte. „Ich finde keine Worte! Was glaubt diese Frau eigentlich, wer sie ist? Sie hat Charlie verlassen, als er gerade geboren war und verlangt jetzt das Sorgerecht für ihn. Aber nur über meine Leiche!“ Auch Tessie konnte nicht fassen, was sie las. Angeblich wollte Pia Eckardt, eine zweite Chance bei Charlie und jetzt alles wieder gut machen. „Glaubst du ihr das?“

„Nie im Leben! Da steckt etwas anderes dahinter.“ Dennis hatte sich zwar in den Sessel gesetzt, sprang aber jetzt wieder auf und lief unruhig durch den Raum. „Ich will mich nicht wieder verstecken und ich will wegen Polly und Rina auch nicht ins Ausland, aber ich lasse mit Charlie nicht wegnehmen."

Tessie nickte. „Ich bin immer dafür, jemandem eine zweite Chance einzuräumen, wenn Fehler gemacht wurden. Aber wenn sie es wirklich ehrlich meinen würde, wieso hat sie dann nicht erst mit dir gesprochen und eine einvernehmliche Lösung gesucht?"

„Was können wir jetzt noch machen?" Dennis hätte am liebsten gegen etwas getreten oder den Vorschlaghammer benutzt, nur half das zurzeit leider gar nicht.

„Ich werde Christian um Rat fragen, aber wahrscheinlich brauchen wir einen guten Familienanwalt, am besten eine Frau, die eure Familie wirklich verstehen kann. Und dann müssen wir alle auf Charlie aufpassen und das Schlimmste verhindern."

Das was ihr Christian anschließend erklärte, ehe er ihr eine Kollegin vermittelte, erhöhte ihre Sorge noch mehr. Daher beriet sie sich mit Lea.

„Christian sagt, die Gerichte hätten grundsätzlich die Auffassung, dass ein Kind beide Elternteile brauchen würde und gingen deshalb immer von einem gemeinsamen Sorgerecht, als beste Möglichkeit für das Kind aus. Das stimmt für die meisten Familien, aber doch nicht für eine Frau, die das Kind nach der Geburt verlässt und bei der Scheidung ausdrücklich auf das Sorgerecht verzichtet."

Auch Lea hatte ihre Probleme damit, diese Wendung zu verstehen. „Du meinst, im schlimmsten Fall müssten sich Dennis und Polly damit zufrieden geben, Charlie mit dieser Frau zu teilen?"

Tessie schüttelte entschieden den Kopf. „Das kann ich mir nicht vorstellen und will das auch nicht, aber Justitia wird nicht ohne Grund mit verbundenen Augen dargestellt. Recht haben und Recht kriegen sind immer noch zwei Paar Schuhe!"

Lea schüttelte besorgt den Kopf. „Also müssen wir jetzt so lange warten, bis die Anwältin etwas erreicht? Ich habe kein gutes Gefühl dabei. Wieso entdeckt diese Frau ausgerechnet jetzt ihre Muttergefühle? Ist sie nicht mit diesem stinkreichen Autohändler zusammen? Irgendetwas sagt mir, dass es nicht um Gefühle, sondern um Geld geht. Erinnere dich, was Miss Marple in der Geschichte von der Hausmeisterin sagt, *wenn sich jemand völlig anders verhält, hat es immer mit Geld zu tun.* Ich muss mich mal wieder umhören, was man sich so erzählt." Sie strich sich über die Haare. „Ich wollte sowieso mal wieder zu meiner Frisörin, die jeden kennt und alles weiß."

Die Anwältin verfolgte ihren Auftrag sehr zielstrebig, hatte sich ziemlich lange mit Dennis und Polly unterhalten und auch Charlie ausgiebig befragt. Außerdem erhoffte sie sich über einen Privatdetektiv noch wichtige Informationen aus Pias Umfeld. Aber dennoch dauerte der Rechtsweg, für alle, die einen positiven Bescheid erhofften, einfach viel zu lange.

Inzwischen war längst *Nadines Spa* eröffnet und wenige Tage später auch Jessicas Laden für Blumen und Geschenke, der den einfachen Namen *Mitbringsel* trug.

Tessie hatte schon einige Massagen bei Nadine genossen und mit Lea weiter an der kleinen Hotelhalle gearbeitet, die im römischen Verband gefliest wurde. Das war ein Muster, bei dem sich beide Frauen sehr konzentrieren mussten und das sie wenigstens etwas von der Ungeduld ablenkte, mit der sie endlich eine Entscheidung erwarteten.

Anfangs hatte immer ein Erwachsener die Kinder zur Schule begleitet und auch abgeholt, aber da nichts Gravierendes passiert war, lehnten die Kinder das empört ab.

An einem der letzten sonnigen Tage gegen Ende des Monats, sah Charlie diese Frau, als er die Schule eine Stunde früher verließ. Eigentlich wollte er nach dem Ausfall der Mathe-Stunde nur schnell nach Hause, um mit Snoopie das Gelände hinter der Ritterburg zu erkunden. Noch suchte er nach dem besten Platz, an dem der Hauptgewinn für die Schatzsuche versteckt werden sollte. Plötzlich rief die Frau rief nach ihm. „Kannst du mir mal helfen?“ Charlie erkannte sie sofort, obwohl die Haare dunkler waren als auf den Fotos und sie eine Sonnenbrille trug. Er trat deshalb nur zögernd näher.
Sie hielt ihm ihr Smartphone hin, das geöffnet war. „Ich kann die-

sen Deckel einfach nicht schließen. Du hast doch bestimmt ein Handy und weißt wie das geht?"

Fast hätte er geholfen, aber noch rechtzeitig erinnerte er sich an Oma Tessies Worte. Deshalb verneinte er nur stumm, rang sich aber dann doch eine Antwort ab. „Technik interessiert mich nicht, ich lese lieber."

Die Frau schloss dann die Handyschale etwas genervt selbst und nahm die Sonnenbrille ab. Sie musterte ihn streng von oben bis unten und lächelte dann verächtlich. „Das hätte ich mir denken können, dass sich dein Vater nicht mal ein Handy leisten kann. Wenn du bei mir leben würdest, könntest du alles haben, denn ich bin viel reicher, als es dein Vater jemals sein wird. Willst du nach Disneyland? Das kannst du haben. Willst du ein Pferd, bekommst du auch das. Willst du den neuesten Computer oder das aktuellste Spiel, dann kriegst du es. Bei mir hättest du es viel besser und schließlich bin nur ich, deine richtige Mutter!"

Charlie ging vorsichtig noch einen Schritt zurück. „Das muss ein Irrtum sein! Meine richtige Mutter heißt Polly und sie liebt mich, genauso wie ich sie. Suchen Sie sich woanders ein Kind, ich habe eine Familie!"

Dann wandte er sich ab. Jetzt wollte er nur noch eins, so schnell wie möglich nach Hause. Im gleichen Moment rannte Rina aus dem Schulgebäude. „Ich durfte früher gehen", rief sie schon von weitem und schob sich an seine Seite.

Auf die Frau warf sie nur einen kurzen Blick, bevor sie drohend die kleine Faust erhob. „Lassen Sie bloß Charlie in Ruhe, er ist mein Bruder!"

Dann verließen sie den Schulhof gemeinsam und atmeten erst wieder richtig auf, als die Frau nicht mehr zu sehen war.

„Das war knapp", japste Rina. „Ich habe erst vorhin bemerkt, dass sie kommt. Aber du bist nicht auf sie reingefallen. Das ist gut."

Zuhause berichteten sie Oma Tessie empört, was geschehen war. Rina fühlte sich schon wie eine Heldin, weil das Schlimmste verhindert worden war, warnte aber die anderen. „Sie wird es noch einmal probieren, aber ich weiß nicht wann."

Auch die Anwältin, die sie informierten, war empört über den unzulässigen Versuch der Gegenpartei. Sie informierte das Gericht, das in der Folge auch Charlie ausgiebig befragte, um herauszufinden, was den Interessen des Kindes am ehesten entsprechen würde. Während der gesamten Zeit wurden die Kinder wieder zur Schule begleitet und abgeholt und wieder geschah nichts Aufregendes.

In den Tagen darauf saßen die beiden täglich in ihrem Versteck und überlegten sich Schlachtpläne, Vorsichtsmaßnahmen und Codewörter, um sich besser verständigen zu können, wenn die Erwachsenen nicht alles verstehen sollten.

Begonnen hatte das eigentlich als ein Riesenspaß, um Schimpfwörter zu codieren, die man im Beisein der Erwachsenen normalerweise nicht anwenden durfte. Wenn sich Rina heftig darüber ärgerte, dass etwas nicht klappte, rief sie nicht das unerwünschte Wort, das mit *Sch* begann, sondern *M* und *K*, das etwa das Gleiche bezeichnete. Aber nun war die Codierung umso wichtiger, falls Rinas Vorahnungen genauso eintrafen.

„Natürlich können wir nicht alle Informationen verschlüsseln, aber wenn nichts mehr geht, sagt Flavia, *dann muss man sich dumm stellen. Das ist das Kennzeichen eines wahrhaft großen Geistes.* “

An dem Tag, als endlich die erlösende Mitteilung kam, das Gericht habe den Antrag von Pia Eckardt abgelehnt und die Übertragung der elterlichen Sorge ausschließlich auf den Vater festgesetzt, war Dennis in heller Aufregung und las sich die wichtigsten Passagen laut vor, die Tessie ausgedruckt hatte.

Sie zeigte auf eine besonders wichtige Textstelle. „Die Anwältin hat das noch extra betont. Das Gericht hat festgestellt, dass eine gemeinsame Sorge der Eltern nicht in Betracht kommt und nach Prüfung der Lebensumstände des Kindes und der Erziehungsfähigkeiten und Erziehungseignung der Eltern, die Alleinsorge dem Vater übertragen wird. Dennis, wir haben es geschafft!“

Dennis war zwar blass, aber glücklich.

„Ich gehe gleich zu Polly, die wartet schon. Das ist einer der besten Tag überhaupt!“

Und ausgerechnet an diesem glücklichen Tag geschah es, dass die Absprachen verwechselt wurden und Charlie nach Abschluss seines Unterrichts alleine auf dem Schulhof stand.

Er sah sich mehrfach um, aber da war niemand. Rina hatte noch Unterricht, die wäre erst später fertig. Vielleicht hatte jemand die Zeiten verwechselt. Er versuchte, seine Familie telefonisch zu erreichen, aber da sich niemand meldete, machte er sich alleine auf den Heimweg.

„Die werden Augen machen, wenn ich schon da bin", murmelte er und zog los. Es war ja nicht weit, beschwichtigte er das komische Gefühl im Bauch, nur drei Querstraßen. Was sollte da schon passieren?

Zweimal sah er sich ruckartig um, um zu prüfen, ob ihm jemand nachschleichen würde, aber da war niemand.

An einer Straßeneinmündung, als er warten musste, um über die Straße zu gelangen, schoss plötzlich ein Auto auf ihn zu, stoppte jedoch rechtzeitig, als aber der Beifahrer aus dem Fahrzeug sprang, warf er Charlie mit dem Schwung der Seitentür um. Der Mann beugte sich über ihn. „Bist du verletzt, Junge?"

Gerade als Charlie mit dem Kopf schütteln wollte, spürte er den Einstich einer Spritze. Er dachte noch, *Rina hatte also recht!*

Dann dachte er gar nichts mehr.

Rina, die noch Unterricht hatte, wäre am liebsten wieder aus der Schule gestürmt, als die Bilder der Vorahnung sie überfielen, aber die strenge Sportlehrerin ließ sie nicht gehen. Da halfen auch keine Tränen, sie musste bleiben, obwohl sie jetzt wusste, dass sich Charlie in höchster Gefahr befand.

Als endlich die Stunde vorüber war, rannte sie so schnell sie konnte über den Vorplatz der Schule zu Oma Tessie, die die Kinder abholen wollte. „Schnell, sie haben Charlie entführt!"

Tessie fuhr mit Pollys Wagen sofort zurück, warnte aber Lea schon telefonisch vor.

Als sie ankamen, lief das Netzwerk der Informationen bereits. Heidi kam zu Hilfe, während Rina noch Dennis informierte. Eigentlich wollte Tessie Polly nicht aus einem Café voller Kundschaft heraus holen, aber Heidi erbot sich sofort, gemeinsam mit Henny und Nicki alles Weitere zu übernehmen.

„Was können wir tun?" Tessie sah bei dieser Frage vor allem Fabian, den ehemaligen Polizisten an, der gemeinsam mit Lea gekommen war.

Der mahnte als erstes zur Vorsicht. „Wir vermuten, dass es diese Frau war, aber wir dürfen sie nicht einfach ohne Beweise beschuldigen. Also würde ich sagen, Dennis, du machst die Anzeige und erwähnst das Sorgerechts-Verfahren und danach lässt du mich mit meinen ehemaligen Kollegen reden."

„Wir können doch nicht nur warten", rief Polly. „Wir haben in den Gerichtsunterlagen doch bestimmt auch die Adresse dieser Frau, dann fahren wir hin und holen Charlie raus. Sie hat kein Recht, ihn uns einfach wegzunehmen!"

„Warte noch", bremste Lea sie ab. „Da gibt es noch etwas anderes. Ich war doch neulich bei meiner Frisörin und sie hat mir erzählt, dieser reiche Autohändler habe einen noch reicheren Onkel, der im Sterben liegen soll. Er habe sich aber noch nicht entschieden, welcher seiner beiden Neffen, ihn beerben soll. Ich weiß, es ist sehr weit hergeholt, aber könnte es sein, dass Otte unseren Charlie als seinen Sohn ausgeben will?"

Alle starrten sie überrascht an, nur Rina klatschte in die Hände.

„Das ist es Grannie Lea, sie bringen ihn dorthin, zu einem alten Mann. Das habe ich gesehen. Es ist auf einem kleinen Berg, ein großes Haus, wie ein Schloss und davor zwei Löwen".

Wieder sahen sich alle an, mehr oder weniger ratlos, denn der Spezialist, der solche Informationen mühelos gefunden hätte, war Charlie und der musste selbst gefunden werden.

Aber Polly war wild entschlossen, diesen Jungen wieder zu bekommen, der es ihr so leicht gemacht hatte, eine richtige Familie zu werden.

Sie würde mit Sicherheit länger brauchen, als Charlie, denn alle die um sie herumschwirrten, störten mehr, als sie halfen.

Deshalb entschied Tessie kurzerhand, zuerst zum Wohnhaus von Karl-Heinz Otte zu fahren. „Wenn Charlie nicht dort sein sollte, erfahren wir vielleicht von den Angestellten die Adresse des Onkels. Und Polly kann in Ruhe weiter suchen."

In Dennis neuem Transporter hatten alle, einschließlich Snoopie Platz, und der Weg zum Stadthaus war schnell zurückgelegt, aber das Haus erwies sich als Enttäuschung. Denn es war verschlossen und auf ihr Klingeln und Klopfen meldete sich niemand. Wo sollten sie jetzt suchen? Wo war Charlie?

Das hätte Charlie auch gerne gewusst. Er war so müde! Polly hätte ihn bestimmt noch ein bisschen schlafen lassen, aber diese Frau zerrte an ihm herum und schüttelte ihn heftig. „Wenn wir in das Schlafzimmer kommen, hebst du deine Hand und rufst *Hallo Onkel!* Hast du das verstanden?"

Charlie nickte, das war ihm so egal, er wollte nur noch schlafen.

„Wenn du etwas anderes sagst, dann bringe ich nicht nur dich um, ich lasse auch deinen Vater töten!"

Charlie nickte immer noch fügsam, obwohl er inzwischen spürte, dass die Betäubung etwas nachließ und sein Widerspruchsgeist wieder erwachte.

Die Frau hatte ihn in einem Rollstuhl festgeschnallt und fuhr ihn in ein Schlafzimmer, das so aussah, wie die Räume in einem alten Schloss. In einem riesigen Bett mit goldenen Verzierungen lag ein winzig kleiner Mann mit weißen Haaren, der aber eine kräftige, laute Stimme hatte. Als Charlie sein *Hallo Onkel* genuschelt hatte, rief er ihn, näher zu kommen. „Was für ein hübscher Knabe! Er sieht dir aber gar nicht ähnlich."

Das war an den dicken Mann mit Glatze gerichtet, der neben Charlies Rollstuhl stand. Der lachte etwas affektiert. „Ja, so schöne Locken hatte ich leider nicht, die hat er von seiner Mutter. Darf ich dir meine Pia vorstellen?"

Was die Frau dann dem winzigen Mann zuflüsterte, konnte Charlie nicht verstehen, aber der strahlte dann den dicken Mann an.

„Teufelskerl, das gefällt mir! Dass der Name unserer Familie hier am Teufelsberg weitergeführt wird, entscheidet alles. Schickt mir den Notar herein, du wirst mein Erbe."

Nachdem sie wieder in dem vorherigen Raum waren, überlegte Charlie gerade, ob er jetzt endlich wieder nach Hause gehen könnte, als die Frau ziemlich nervös in ihrer Tasche suchte. „Hast du die Tabletten?"

„Ja, aber", der Mann kam näher und reichte ihr eine Schachtel.

„Jetzt brauchen wir doch das Gör nicht mehr oder willst du ihn etwa behalten?"

„Nein, natürlich nicht! Aber noch haben wir das Erbe nicht und seinem Vater gönne ich es, wenn er sich Sorgen machen muss."

Charlie, der am liebsten geschrien hätte, schluckte seine Empörung herunter und gab sich nach Flavias Rat teilnahmslos, obwohl sein Herz heftig klopfte. Sie wollten ihn schon wieder betäuben!

Der Tipp von Oma Valerie war hier nicht umsetzbar, da er im Rollstuhl kein Fenster erreichen konnte, aber seine Cargohose hatte viele Taschen. Diese Möglichkeit ließ ihn etwas aufatmen.

Plötzlich sah er fast in Reichweite ein blinkendes Handy liegen und schob sich unauffällig etwas näher heran.

Sein Telefon steckte noch in seiner Schultasche und wo die war, wusste er nicht, aber dieses hatte er fast erreicht.

Leider kam die Frau gerade wieder dichter heran und hielt ihm zwei Dragees hin. „Die nimmst du jetzt oder es setzt was!"

Charlie nahm die Tabletten und führte auch die Hand zum Mund, hielt die Tabletten dabei aber mit seinem Daumen fest.

Pia ließ ihn aus einem Glas trinken und kommandierte dann: „Mund auf! Gut, er hat sie runtergeschluckt."

Der Mann blätterte inzwischen in irgendwelchen Papieren und schaute dann zu ihnen. „Dann haben wir wohl für eine Weile Ruhe. Aber findest du es gut, dass dort in seiner Nähe ein Handy liegt, wenn er nun jemanden anruft?"

 Aber Pia winkte überheblich lächelnd ab. „Das muss er erst mal können. Der hat doch keine Ahnung, genau wie sein Vater."

Charlie überhörte auch das und schob den Rollstuhl etwas seitlicher. In Windeseile hatte er eine SMS an Rina getippt, dann schob er das Handy wieder zur Seite, fuhr den Rollstuhl etwas zurück und stellte sich schlafend.

Während Polly noch verzweifelt versuchte, auf ihrem Handy die zahlreichen Ottes im Adressverzeichnis richtig zuzuordnen, immerhin kannten sie den Vornamen des Großvaters nicht, meldete sich Rinas Handy.

„Das war Charlie", rief sie aufgeregt. „Der Ort, an dem er ist, hat etwas mit Teufel zu tun."

„Wie kommst du denn darauf?" Tessie hatte sich über das Telefon gebeugt und nur die Buchstaben $P + S$ erkannt.

Jetzt grinste Rina. „Wir haben uns Codes ausgedacht, mit denen wir Schimpfwörter sagen oder fluchen können, ohne bestraft zu werden. $P + S$ heißt Pech und Schwefel und bedeutet soviel wie *zum Teufel auch!"*

„Gute Idee", stimmte ihr Lea gerade zu, als Polly aufschrie.

„Ich habe ihn! Es gibt nur einen Otte am Teufelsberg und der wohnt in der Nummer 18."

Dennis, der die Angaben sofort in das Navi eingab, sah kurz aus dem Fenster. „Ich war schon mal dort in der Nähe, wir müssten gleich da sein."

Inzwischen hatte sich der Autohändler, der Charlie und das Smartphone ständig misstrauisch beobachtete, entschieden genauer nachzusehen und bemerkte natürlich sofort, dass eine SMS versandt worden war. Hektisch rief er nach Pia. „Er muss einen Notruf abgesetzt haben. Sieh doch! Du sagst er hat keine Ahnung, kann aber eine SMS verschicken. Das gefährdet die ganze Aktion! Wenn jetzt die Polizei anrückt, können wir das Erbe vergessen."

Pia sah das nicht so, schließlich standen in der SMS gerade mal zwei Buchstaben.

„Also ich kann nichts erkennen, was uns gefährden könnte. Klar, man könnte bei dem P auf Pia kommen, aber keiner deiner Namen beginnt mit einem S! Wahrscheinlich bedeutet diese Nachricht überhaupt nichts, es ist einfach ein Versuch, uns verrückt zu machen. Bei dir hat er es ja schon geschafft."

Aber Otte beruhigte sich nicht. „Frag ihn doch, was das heißen soll. Schließlich ist er dein Sohn."

Pia murmelte noch etwas, das Charlie nicht verstehen konnte, dann kam sie zu ihm und rüttelte ihn ziemlich unsanft. Aber Charlie machte sich schlaff. Tot stellen, so etwas hatte er schon öfter mit Rina geübt und es klappte überzeugend.

Als sie ihn wieder losließ, linste er mit einem Auge, um mitzukriegen, was sie vorhatten. Der Mann lief unruhig durch den Raum, er schien wütend zu sein, denn er trat einen Hocker zur Seite, der ihm im Weg stand.

Plötzlich schoss er regelrecht auf Charlie zu. „Ich habe eine Idee. Onkel Eduard hat einen Geheimraum hinter den Bücherregalen in der Bibliothek. Als Kinder haben wir dort Verstecken gespielt, da können wir das Kind verbergen, falls die Polizei kommt."

Charlie spürte nur, wie er wieder geschoben wurde, dann quietschte und knarrte etwas und er sah, wie sich eine Tür zu einem anderen Raum öffnete.

Und dieser Raum schien völlig leer zu sein. Der Mann hatte Licht gemacht und Charlie merkte sich sofort, wo der Schalter war.

Da er am besten nach unten sehen konnte, betrachtete er interessiert den Sperrriegel, der die geöffnete Tür festhielt.

So ein Teil hatte sein Paps erst vor kurzem in dem neuen Kerker in der Ritterburg eingebaut. Mit diesem Hebel an der Außenseite blieb die Tür offen, aber schob man ihn nach oben, fiel die Tür zu, ohne eine Möglichkeit, von innen geöffnet zu werden.

Und genau das taten die beiden auch. Sie schalteten das Licht aus und ließen ihn höhnisch lachend im Dunkeln zurück.

Aber Charlie hatte schon eine Idee. Seit er die Tabletten in einer seiner Hosentaschen verstaut hatte, wusste er, dass seine Werkzeuge noch vorhanden waren. Sie hatten ihn nicht durchsucht, weil sie wahrscheinlich keine Ahnung hatten, was Jungs in ihren Hosentaschen sammeln.

Mit dem Taschenmesser durchtrennte er als erstes die Gurte, die ihn an den Rollstuhl fesselten, dann stemmte er sich hoch und ging ein paar Schritte, bis er sich stark genug fühlte, etwas zu unternehmen.

Flavia hätte gesagt: *Auch wenn die Lage noch so aussichtslos ist – man muss immer Einsatz zeigen.* Und genau das, hatte er jetzt vor! Vielleicht half ihm auch das Tigerauge von Oma Valerie auf die richtige Idee zu kommen.

Mit einer winzig kleinen Taschenlampe zwischen den Zähnen, öffnete er die Abdeckung des Lichtschalters mit seinem Mini-Schraubenzieher und manipulierte ihn so, dass das Licht flackerte. Nachdem er die Abdeckung wieder notdürftig befestigt hatte, warf er sich zurück in den Rollstuhl und ließ sich hängen.

Das war keine Sekunde zu früh, denn jetzt hörte er schon die streitenden Stimmen von draußen, dass man das Licht durch irgendwelche Ritzen sehen könnte. Aber noch passierte nichts.

Dann aber fuhr zufällig ein Polizeiwagen mit Sirene durch die Straße auf dem Weg zu einem Verkehrsunfall.

Charlie konnte das zwar nicht hören, bemerkte aber, dass der Streit heftiger wurde und sich dann jemand an der Geheimtür zu schaffen machte.

„Was zum Teufel ist denn hier los?" Der Autohändler klickte heftig an dem Lichtschalter, aber das Flackern blieb.

Charlie bewegte seinen Rollstuhl vorsichtig etwas näher, behielt aber die schlaffe Haltung bei, obwohl sich der Mann nur für den Schalter interessierte, aber nichts erreichte.

Pia schien jetzt doch mit ihren Nerven am Ende, denn sie stürmte wie eine Furie in den kleinen Raum und begann Otte wüst zu beschimpfen, an Charlie dachte sie offensichtlich gar nicht.

Aber das war sein Moment!

Er erhob sich ganz leise aus dem Rollstuhl und schubste dann Pia, die mit dem Rücken zu ihm stand mit voller Kraft, dass sie über Otte fiel und ihn mitriss.

Ihre Schimpfkanonade wartete er nicht ab, sondern schob blitzschnell den Sperrriegel nach oben und schlüpfte durch die Tür, bevor sie zufiel.

Nach einer kurzen Orientierung fand er auch eine Tür, die nach draußen führte, aber leider nicht zur Straße, sondern in irgendwelche Blumenbeete und Springbrunnen. Wo war jetzt der Ausweg nach draußen?

Zur gleichen Zeit kletterte sein Vater Dennis über den ziemlich hohen Gartenzaun. Die ganze Familie war sich sicher, dass es das richtige Haus sein musste, denn beiderseits des Eingangs standen ziemlich geschmacklose steinerne Löwen.

Nachdem sie vergeblich geklingelt hatten, entschied sich Dennis zu diesem Schritt, denn jetzt konnte er das Gartentor von innen öffnen und die anderen einlassen. Snoopie brauchte offensichtlich keine Ansage, er galoppierte sofort in die Gärten auf der linken Seite und alle folgten ihm, natürlich nicht so schnell.

Als sie Charlie endlich sahen, hielt Tessie ihre Mutter Lea an der Hausecke zurück und bedeutete ihr, die Polizei zu rufen.

Dann ging sie zu Dennis, Polly und Rina.

Auf der anderen Seite etwas entfernt, standen der Autohändler und Pia, die Charlie zwischen sich festhielten, obwohl er sich heftig wehrte. Snoopie umkreiste vor allem die Frau und knurrte sie heftig an.

„Lassen Sie sofort Charlie los!", rief Polly wütend.

„Weshalb sollte ich?" Pia grinste höhnisch. „Er ist schließlich mein Sohn."

„Aber du hast keinerlei Rechte", mahnte Dennis, der in großer Sorge um seinen Sohn war und seine Ex nicht zusätzlich reizen wollte.

„Das Gericht hat deinen Antrag abgewiesen und mir das alleinige Sorgerecht übertragen."

„Die haben mich entführt, mit Gewalt!" Charlie versuchte erneut sich loszureißen. „Ich hatte sie schon eingesperrt und wollte euch gerade suchen."

„Du hast leider nicht bedacht, dass ich hier aufgewachsen bin und den geheimen Ausgang aus dem Verlies kenne."

Der Autohändler schien sich sicher zu fühlen und wandte sich dann zur anderen Seite. „Und Sie sind hier ungebeten auf einem Privatgrundstück, ich sollte die Polizei rufen."

„Nicht notwendig", lächelte Lea und trat zu den anderen. „Die sind schon unterwegs."

Das ließ die überhebliche Fassade des Autohändlers bröckeln.

„Sollen sie doch das Gör wieder mitnehmen."

Aber Pia war anderer Meinung. „Du bist ein solcher Idiot! Wir brauchen eine Geisel, um verhandeln zu können. Charlie kommt mit mir."

Und obwohl er sich schlapp machte und hängen ließ, schleifte sie ihn erbarmungslos über den Kiesweg, obwohl Snoopie sie ständig stoppte. Das war zu viel für Polly, die sonst eher Gewalt vermied, aber Rot sah, wenn es um ihre Kinder ging.

Mit einem Riesensatz überquerte sie ein Blumenbeet, landete genau vor Pia und verpasste ihr einen solchen Kinnhaken, dass die weit nach hinten flog und auch auf dem Rasen liegenblieb, als sich gerade der Regner einschaltete.

Während Dennis Charlie schützend an sich riss, klatschten die anderen Beifall.

Dem schlossen sich sogar die Polizisten an, die die Szene beim Betreten des Grundstücks verfolgt hatten.

Dann nahmen sie die tropfnasse Pia und den Autohändler wegen versuchter Kindesentführung fest.

Es dauerte noch ziemlich lange, bis wieder Ruhe einkehrte. Zunächst wurde Charlie von allen umarmt und prüfend betrachtet, als ob ihm ein Körperteil abhanden gekommen wäre.

Dann musste er der Polizei noch einmal alles erzählen, die nahm auch die Tabletten mit, die er in seinen unendlichen Hosentaschen verstaut hatte. So richtig zur Ruhe kam er erst, als er nach einem ausgiebigen Abendessen und dem Duschen, in seinem gelben Schlafanzug auf seinem gelben Bett saß und Rinas Bewunderung genoss.

„Du warst wirklich so tapfer! Was war für dich schlimmer, eingesperrt oder gefesselt zu sein?"

Charlie überlegte nur kurz. „Am schlimmsten war es, betäubt zu sein, ich war so müde, dass ich nur schlafen wollte. Aber als das weg war und sie mich in dieses Verlies eingesperrt hatten, da habe ich mich daran erinnert, was du von Flavia erzählt hast."

„Auch wenn die Lage noch so aussichtslos scheint, man muss im-

mer Einsatz zeigen", wiederholte Rina fast atemlos vor Begeisterung.

„Und dann hatte ich ja noch das Tigerauge von Oma Valerie, das hat geholfen. Willst du das mal sehen?"

Es dauerte eine Weile, bis er den schimmernden Stein fand, den Rina andächtig bestaunte.

„Aber das Beste waren die Tricks, die wir vorher gemeinsam geübt hatten. Ohne die hätte es wirklich schlimmer kommen können."

Jetzt grinste Rina. „Das sagt Oma Tessie auch immer. Und dann stimmt es!"

Ein Fall von Gaslighting

Im Leben kommt es nicht darauf an, ein gutes Blatt in der Hand zu haben, sondern mit schlechten Karten gut zu spielen. – Robert Louis Stevenson

Die Oktobersonne schien sich große Mühe zu geben, die verregnete Vorwoche wieder auszugleichen.

„Was für ein toller Tag! Ich weiß nicht, wer mehr leuchtet, die Sonne, das Laub oder ich."

Polly saß mit ihrer Freundin Nadine auf der kleinen Terrasse vor dem Baumhaus, genoss ihren Mocca Latte, die Ruhe vor dem Ansturm im Café und das Farbenspiel des wilden Weins am Blumenhaus, der rot-golden neben dem dunkelgrünen Efeu leuchtete.

Sie fühlte sich rundherum wohl.

Ihr Café *Blaue Stunde* war nach fast vier Wochen immer noch ein Renner. Obwohl sie sich genau das gewünscht hatte, staunte sie jeden Tag erneut darüber, wie viele Leute nur wegen ihrer besonderen kalorienreduzierten Leckereien vorbeikamen oder ihre Spezialitäten per Netz orderten.

Mit Dennis war sie ebenfalls superglücklich. Sicher, er machte nie so blumige Komplimente, wie sie das von Dirk am Anfang kannte, aber er tat alles für sie und stand ihr bei dem, was ihr wichtig war, zuverlässig zur Seite. Wenn ihr alles zu viel wurde, öffnete er nur seine Arme und sie konnte sich einkuscheln und entspannen.

Dirk hätte ihr in so einer Situation sofort erklärt, was sie falsch und er mit Sicherheit besser gemacht hätte, aber dafür war Dennis einfach zu klug.

In der letzten Woche hatte sie dann auch eine wichtige Entscheidung getroffen, jedenfalls soweit, wie sie als Amazone gehen konnte, für die der Trauschein keine Option war Sie kaufte ein großes Doppelbett für ihr bisheriges Schlafzimmer und jeder konnte daran sehen, sie und Dennis waren jetzt fest zusammen.

Sein ehemaliges Schlafzimmer gehörte nun Rina, nachdem Polly gemeinsam mit ihrer Mutter die Blumenwiese genauso so schön an die Wand gemalt hatte, wie im bisherigen Raum ihrer Tochter, der jetzt Gästezimmer oder vielleicht auch mehr werden würde.

Aus Dennis bisheriger Wohnküche entstand mit den vorhandenen Möbeln ein Fernseh-und Spielzimmer für die Kids Rina und Charlie, die sich seitdem noch besser verstanden.

Polly hätte nie gedacht, dass eine Patchwork-Familie so einfach zusammenwachsen könnte. Aber genau das war ihnen bisher wirklich gut gelungen. Natürlich half es, dass Mutter und Großmutter, also ihre gesamte Familie hier lebten und die Kinder viele Ansprechpartner fanden.

Auch wenn es in der Beziehung zu ihrer Mutter manchmal noch kriselte, in der meisten Zeit halfen sie sich gegenseitig und das brachte auch fantastische Ergebnisse. Sie hatte also allen Grund, schon morgens fröhlich zu sein und den Tag zu loben.

Als ihr Blick auf Nadine fiel, rügte sie sich innerlich, dass sie so gar nicht darauf geachtet hatte, wie bedrückt ihre Freundin in ihr Teeglas starrte. „Entschuldige bitte, ich juble hier in den höchsten Tönen und du hast Probleme, oder?"

Nadine winkte nur ab. „Ich wollte dir deine gute Laune nicht vermiesen, ich mache mir einfach nur Sorgen."

„Aber dein Geschäft läuft doch gut. Oder hast du Ärger mit deiner Schwester?"

„Nein, nein." Nadine winkte wieder ab. „Wendy ist ein Schatz, ohne sie hätte ich diesen Schritt zu einem eigenen Spa gar nicht gewagt." Sie strich ihre fast blauschwarzen Haare mit nervösen Bewegungen aus dem Gesicht. „Ich weiß es ist blöd, darauf zu warten, dass etwas schief geht, aber genau das tue ich jetzt."

„Aber wieso denn?" Polly betrachtete ihre Freundin aufmerksam. Sie sah in letzter Zeit wirklich blasser und müder aus. „Bist du etwa krank?"

„Manche Leute würden das so sehen und manchmal muss ich ihnen sogar recht geben. Ich habe schon an so vielen Orten neu angefangen, dass ich aufgegeben habe zu zählen. Als wir uns in dem Hotel von Kerems Familie wieder getroffen haben, war ich ja auch gerade neu im Spa. Es beginnt immer wunderbar, meine Arbeit macht mir Spaß, die Kundinnen sind zufrieden, die Arbeitgeber auch und ich freue mich schon, dass es endlich auch mal für mich klappt."

„Und dann?" Polly beugte sich interessiert vor.

„Ganz plötzlich, als hätte jemand einen Schalter umgelegt, fangen die Probleme an. Die Kundinnen, die bisher sehr zufrieden waren, beschweren sich plötzlich, nicht bei mir, sondern telefonisch oder über das Netz. Sie kritisieren Dinge, die vorher nie eine Rolle gespielt haben. Und ich selbst baue dann offensichtlich auch ab, ich streiche Termine, die telefonisch bei mir abgesagt wurden, aber die Kundinnen behaupten, gar nicht angerufen zu haben. Dann verschwindet Zubehör für die Behandlungen, Massageöl oder Flakons mit Aromen und alles deutet auf mich, obwohl ich mir keiner Schuld bewusst bin."

„Aber jetzt bist du doch deine eigene Chefin, da kann dich doch so etwas nicht mehr tangieren."

Nadines Gesicht verzog sich kummervoll, ihr kamen fast die Tränen und sie flüsterte nur noch. „Das dachte ich auch. Die letzten drei Wochen waren einfach toll und ich hoffte, diesen Fluch wirklich besiegt zu haben. Aber heute war ein Kommentar auf meiner Website, wie die vorherigen, so böse, so voller Hass, dass ich genau weiß, es geht wieder los."

„Dann lösch doch den Kommentar gleich und lass dich davon nicht runterziehen. Ich weiß, dass das nicht einfach ist, vielleicht musst du auch mal mit jemandem sprechen, der sich mit den Folgen von Mobbing oder Stalking besser auskennt. Meine Paten-Tante Katja kommt am Wochenende. Ich werde sie fragen, was man in solchen

Fällen noch zusätzlich machen kann."

Polly war zufrieden mit ihrem Vorschlag, auch weil sie sah, dass er ein vorsichtiges Lächeln auf das Gesicht ihrer Freundin zauberte. Am nächsten Tag war davon nichts mehr zu sehen. Nadine war wieder in Tränen aufgelöst.

„Heute hatte ich ziemlichen Ärger mit Wendy. Du weißt, dass sie als Physiotherapeutin auch solche Sachen, wie Medical Flossing anwenden darf. Ich habe gestern Abend die Bänder dafür bereit gelegt und heute früh kam die Klientin, die starke Beschwerden an der Schulter hat, aber es waren keine Bänder mehr da. Nirgendwo! Obwohl die Lieferung erst letzte Woche kam. Es ist zum Verzweifeln! Natürlich glaubt meine Schwester jetzt auch, dass ich vergesslich wäre oder Aussetzer hätte."

„Das kann ich nachvollziehen, weil es nach außen hin so wirkt. Aber ich bin mit den Geschichten von Miss Marple aufgewachsen und habe weitere Krimis gelesen, daher bin ich mir sicher, dass es hier um etwas völlig anderes geht. Da will dich jemand fertigmachen. Heute nennt man diese Methode *Gaslighting*. Besitzt du vielleicht etwas, das ein anderer haben will oder weißt du etwas, das für andere gefährlich sein könnte? Bei Goldy habe ich erst neulich so etwas Ähnliches gelesen. "

Nadine sah sie nur mit großen Augen an. „Ich verstehe überhaupt nichts."

Eifrig versuchte Polly zu erklären. „In dem Film *Gaslight* hat ein

Mann eine Diva wegen ihrer Diamanten getötet, aber die Steine nicht gefunden. Jahre später heiratet er die Nichte dieser Frau, zieht mit ihr in das Haus der Tante und ist sich sicher, dass er jetzt die Beute findet. Natürlich hört man das, wenn jemand auf dem Dachboden sucht, damals flackerte auch das Gaslicht, wenn viele Lampen eingeschaltet waren. Das alles hat seine Frau gehört und gesehen, aber er hat ihr immer wieder eingeredet, sie würde sich das nur einbilden. Er hat sie so manipuliert, dass sie langsam glaubte verrückt zu sein. Und diese Art Psychoterror ist auch heute bei Männern noch sehr beliebt.“

„Das weiß ich zur Genüge!“

Nadine klang verbittert. „Genauso ist meine Scheidung abgelaufen und nur deshalb hat mein Mann das Sorgerecht für unseren Sohn bekommen. Er sagte immer, ich müsste froh sein, nicht in der Psychiatrie zu landen. Und du glaubst, dass man herausfinden könnte, wer mir das antut? Zur Polizei zu gehen, hat keinen Zweck, das habe ich oft versucht.“

„Natürlich nicht die Polizei.“ Polly schüttelte so überzeugt den Kopf, dass ihr Pferdeschwanz wippte. „Mam hat uns erzählt, wie sie mit Tante Katja über Hypnose den Brandstifter entlarvt hat, der ihren Kindergarten angezündet hat. Ich rede mit ihr, sie weiß bestimmt, was man noch tun könnte.“

„Danke, dass du mir glaubst. Du kannst dir nicht vorstellen, wie wichtig mir das ist.“ Nadine umarmte Polly und verschwand immer noch sorgenvoll wieder in ihrem Spa.

Hätte sie ahnen können, dass sich Tessie schon mit ihrem Fall beschäftigte, wäre sie sicher ruhiger geworden. Rina war schon morgens vor dem Unterricht bei Tessie gewesen, um ihr zu erzählen, dass es wieder einen Einbrecher gäbe.

„Es ist ein Mann, der viele Muskeln hat und ganz leise in Nadines Spa hineingegangen ist. Ich glaube, dass er böse ist und ihr schaden will. Er hatte ganz viele Bänder, vielleicht wollte er sie fesseln?"

Tessie, die Rinas Ahnungen schon aus Erfahrung sehr ernst nahm, ging anschließend zu Fabian, dem ehemaligen Polizisten, der jetzt als Privatdetektiv arbeitete.

Nach seinen Empfehlungen hatte sie seit der Eröffnung der ersten Geschäfte, Überwachungskameras installieren lassen, die sie jetzt gemeinsam prüften.

„Sieh dir das an. Der öffnet die Seitentür ohne Probleme, entweder hat er einen Nachschlüssel oder einen Dietrich. Und er scheint mir sehr erfahren, in solchen Dingen. Er bringt irgendetwas heraus. Fehlt denn etwas?"

Tessie hob nur die Schultern. „Ich habe noch nicht mit Nadine gesprochen, aber das mache ich heute. Vielleicht wissen wir danach mehr. Sollten solche Einbrüche zur Gewohnheit werden, hätten wir ein großes Problem. Auf jeden Fall wird sich heute Abend der Familienrat treffen müssen. Ich möchte dich auch gerne dabei haben und ich brauche die Aufnahmen gleich, um sie einigen zu zeigen."

Als nächstes bat sie Nadine zu sich, der schon die Tränen kamen, als Tessie das Problem nur ansprach. Dann aber beruhigte sie sich und war sehr daran interessiert, am Wochenende mit Katja über Lösungswege zu sprechen.

Als ihr aber Tessie den Film aus der Überwachungskamera zeigte, flippte sie völlig aus und schrie angstvoll: „Nein, nein, ich will den nicht sehen, er will mich töten!"

Tessie betrachtete mit großer Sorge, wie sich Nadine voller Furcht wie ein Embryo zusammenrollte und die Augen zuhielt. Das erinnerte sie an ihren Kindergarten, so etwas kannte sie von traumatisierten Kindern, die in gewalttätigen Familien aufwuchsen und ständig in Angst lebten.

Deshalb nahm sie Nadine einfach in den Arm und ließ sie weinen, bis die Schluchzer nachließen.

Dann zog sich Nadine plötzlich zurück, von ihrem eigenen Verhalten sichtlich irritiert. „Ich weiß gar nicht, was mit mir los war, ich kenne den Mann nicht. Aber diese Angst hat mich einfach überfallen, vielleicht hat er mich an etwas völlig anderes erinnert."

Tessie glaubte das nicht und erklärte das dem Familienrat auch am Abend, nachdem sie von Rinas Ahnungen und dem Film der Überwachungskamera berichtet hatte.

„Ich habe nicht Katjas Wissen oder Fähigkeiten auf diesem Gebiet, aber ich kenne die Reaktionen von Kindern, wenn sie Schlimmes erlebt haben. Wenn die durch irgendeine Kleinigkeit an etwas erinnert werden, das sie verdrängt haben, flippen sie völlig aus, weil sie glauben, wieder in Gefahr zu sein. Und genauso hat sich Nadine heute verhalten. Kennt jemand von euch diesen Mann?"

Polly schüttelte nach dem ersten Blick auf das Foto der Überwachungskamera sofort den Kopf. „Ich habe mal ihren Exmann gesehen, der ist es garantiert nicht, der war schmaler. Er schien mir auch nicht der gewalttätige Typ zu sein. Aber vielleicht kennt ja Wendy, die Schwester, mehr Bekannte von Nadine. Wir sollten ihr auf jeden Fall die Fotos zeigen, schon damit sie Nadine auch wirklich glaubt."

Tessie nickte nur und machte einen Vermerk, als sich Lea meldete. „Da Nadine so auf den Eindringling reagiert hat, vermute ich, dass die anderen Geschäfte nicht in Gefahr sind und es ausschließlich um das Spa geht. Und vermutlich auch nicht um die Schwester, oder?"

„Nein, soweit ich weiß, betrifft es nur Nadine", bestätigte Polly. „Sie hat mir gesagt, das sei schon an einigen Arbeitsstellen passiert. Anfangs ging es immer gut, dann nach drei oder vier Wochen fingen die Belästigungen, Verdächtigungen und Manipulationen wieder an. Ich gehe davon aus, dass es sich um so etwas wie *Gaslighting* handelt und dass irgendjemand Nadine in den Wahnsinn treiben will."

Lea nickte interessiert. „Den Film habe ich auch gesehen. Es könnte aber auch etwas anders gelagert sein. Bei Miss Marple gab es in

Ruhe unsanft einen ähnlichen Fall. Da hat ein Arzt seine Halbschwester erwürgt und erfolgreich seinem Schwager eingeredet, er habe seine Ehefrau getötet. Er hat ihn so verunsichert und manipuliert, dass der sich in der Psychiatrie das Leben genommen hat. Seine dreijährige Tochter hatte den Mord gesehen und verdrängt, aber später als Erwachsene kamen Erinnerungen zurück. Und dann hat dieser Arzt alles dafür getan, dass auch sie glaubte, sie würde langsam verrückt und würde sich die unmöglichsten Sachen einbilden. Erst mit Miss Marples Hilfe konnten die Tochter und ihr Mann alles aufklären. Wenn es hier auch so ist, suchen wir ein Ereignis und einen Mann in Nadines Vergangenheit. So viele können ja da nicht sein."

Sie wandte sich an Polly. „Wie alt ist sie, so wie du?"

Polly nickte. „Das wird trotzdem schwierig. Ich kenne sie jetzt mit Unterbrechungen vier Jahre und in dieser Zeit habe ich weder einen Mann gesehen, noch hat sie über einen gesprochen."

„Es muss ja auch keine persönliche Bekanntschaft sein", gab Fabian zu bedenken. „Bei manchen Stalkern kommt es vor, dass die Betroffenen gar nicht wissen, dass sie aus der Ferne angebetet oder verflucht werden. Es kann aber auch so sein, wie Lea geschildert hat. Vielleicht hat sie an einer früheren Arbeitsstelle etwas gehört oder gesehen, was nicht für sie bestimmt war und jemand befürchtet, dass ihr das jetzt so langsam bewusst wird."

Tessie sah, dass Rina aufgeregt nickte und hob anerkennend den

Daumen. „Das scheint mir ein sehr wichtiger Hinweis zu sein. Nadine hat bei ihrer Bewerbung auch die vorherigen Arbeitsstellen aufgelistet. Die habe ich schon ausgedruckt und es wäre sehr interessant zu wissen, ob zu der gleichen Zeit und am gleichen Ort, irgendetwas passiert ist, das einen Zusammenhang ergibt. Ich denke, das findet nur einer von uns heraus, oder Charlie?"

Der nickte mit leuchtenden Augen, nahm die Liste entgegen, salutierte dann wie immer und rief: „Wird gemacht, Oma Tessie."

Dann hielt er das Papier fest in seiner Hand und ließ auch die neugierige Rina nicht hineinschauen.

Tessie sah noch einmal in die Runde. „Ich denke, es ist richtig, wenn ich das, was Nadine bei uns passiert, als einen Angriff auf uns alle betrachte und *Gaslighting* ist sowieso eines der fiesesten Verbrechen überhaupt.

Jedem von uns sind schon ähnlich schlimme Dinge passiert, deshalb haben wir auch einige Erfahrungen im Ermitteln sammeln können, die wir jetzt wieder nutzen. Bisher haben wir damit immer alles aufklären können und das schaffen wir auch diesmal. Jeder, der hier wohnt, jeder der hier arbeitet, soll sich im Sommer-Karree sicher fühlen können. Und jeder, der das zu stören versucht, bekommt es mit uns zu tun."

„Ja", jubelte Polly. „Frauenpower gegen dominante Männer!"

„Das reicht nicht", wurde sie von Lea korrigiert. „Amazonen-Power gegen Verbrecher!"

Dann beugte sie sich zu Fabian und Dennis. „Gegen Männer habe ich nämlich überhaupt nichts und gegen euch sowieso nicht."

In den nächsten Tagen passierte kaum etwas Unangenehmes und alle begannen zu hoffen, dass es vielleicht doch vorbei wäre. Wendy hatte sich mit Nadine versöhnt und schämte sich sehr dafür, dass sie ihrer Schwester nicht mehr zur Seite gestanden hatte.

Indessen saß Charlie, der eifrig von Rina unterstützt wurde, jeden Tag nach dem Unterricht an seinem Laptop und recherchierte fleißig. Am Freitag überreichte er Tessie stolz die Ergebnisse.

Wie erwartet hatte er die Liste der Arbeitsstellen mit Ereignissen verknüpft, die er in den Lokalzeitungen und wahrscheinlich auch unerlaubterweise im Polizeiarchiv gefunden hatte.

Es gab keine großen Überraschungen, denn wie in jeder anderen größeren Stadt gab es immer dann, wenn Nadine die Stelle wechselte, auch Unfälle oder Straftaten, aber nichts schien im Zusammenhang mit ihr zu stehen.

Bis auf eine Sache, die Charlie auf Rinas Drängen rot markiert hatte. In dem Spa, in dem Nadine nach der Ausbildung begonnen und nur wenige Wochen gearbeitet hatte, war eine Kundin auf bisher ungeklärte Weise bei einem Brand ums Leben gekommen.

Es gab keinerlei Hinweise darauf, ob Nadine die Frau überhaupt gekannt hatte, auch nicht, ob sie von dem Brand betroffen war.

Aber sie hatte danach mehrere Wochen im Krankenhaus verbracht, was doch sehr ungewöhnlich schien.

„Charlie, du bist echt ein Ass auf dem Computer, dir entgeht wirklich nichts. Und du hast geholfen?"

Rina nickte stolz. „Wir sind herangegangen, wie Flavia, die sagt, *es ist wie bei einem Puzzle. Je mehr Teile man anlegen kann, umso besser, kann man das Bild erkennen.*"

Tessie umarmte die zwei. „Das habt ihr beide toll gemacht! Besser hätte es Flavia auch nicht gekonnt!"

 Sie musste lächeln, als sich die beiden zufrieden angrinsten, aber dann wurde Rina wieder ernst.

Sie tippte auf die Nachricht mit dem Brand. „Da ist etwas Schlimmes passiert, Oma Tessie. Die Frau ist dort gestorben und Nadine war da und der Mann auch."

Sie war ganz blass geworden, weil sie sich so anstrengte, um noch mehr herauszufinden.

Tessie sah sie überrascht an. „Du meinst, was an dieser Arbeitsstelle passiert ist, könnte der Auslöser für die ganzen Manipulationsversuche sein? Dann müsste ja der Mann auch dort gearbeitet haben oder ein häufiger Kunde gewesen sein."

Ehe sie sich Charlie zuwenden konnte, saß der schon an seinem Laptop und suchte nach geeigneten Informationen.

Tessie ließ ihn suchen, sie wollte gar nicht wissen, an welche Quellen ihn seine geschickten Finger bringen würden.

Erst als sein nervtötendes Pfeifen erklang, wusste sie, dass er einen Treffer gelandet hatte.

„Es gab zwei Männer, die im Zusammenhang damit von der Polizei vernommen wurden, einen Hubert Fehling und einen Dietmar Urban. Fehling ist vor 8 Jahren nach Kanada ausgewandert. Urban war damals der Besitzer des Spas und hat heute eine ganze Kette davon. Hier habe ich ein Bild von ihm, aber leider nur das Gesicht."

„Schade", murmelte Tessie. „Ein Ganzkörperfoto hätten wir mit dem Film aus der Überwachungskamera vergleichen können. Vielleicht findest du bei den Gesellschaftsnachrichten noch etwas."

Erst als sie sah, dass Charlie sie immer noch fragend ansah, fiel ihr ein, dass ein 9-jähriger mit diesem Begriff gar nichts anfangen konnte. Sie vergaß das einfach zu oft, weil er wie ein alter erfahrener Hacker Sachen herausfand, die sie immer wieder erstaunen ließen. Aber auch nach einer eingehenden Erklärung, war kein anderes Foto zu finden.

Das berichteten ihr Rina und Charlie schwer enttäuscht, nachdem sie sehr lange gesucht hatten, aber Tessie lächelte nur. „Wenn Plan B nicht funktioniert, nehmen wir einfach den nächsten Buchstaben. Das Alphabet hat schließlich genügend davon. Und außerdem haben wir noch einen Joker."

Der Joker, Tessies Freundin Katja, kam gegen Abend an, um das Wochenende mit Tessie zu verbringen und danach zu einer Fortbildung weiter zu reisen. Wie jedesmal wenn sie zu Besuch kam, staunte sie zuerst über die neuesten Errungenschaften im Sommer-Karree.

Das Blumenhaus hatte eine neue Hotelhalle und im Innenhof hatten die Rentner Herbert und Hermann einen winzigen Bachlauf freigelegt, der sich in anmutigen Kurven um ein Rosen-Rondell schlängelte. So ganz nebenbei verschwand damit eine morastige Stelle und die Rosen blühten viel üppiger, fand Katja.

Beim gemeinsamen Abendessen, für das Lea wieder tolle Novitäten ausprobiert hatte, wurde ihr auch Nadine vorgestellt, die für die nächsten Tage in Pollys neuem Gästezimmer übernachteten sollte.

Denn wer konnte schon wissen, was dieser Mann tun würde, wenn er Nadine ohne Schutz in ihrer Wohnung fand?

Katja, die am nächsten Morgen gleich mit der Therapie beginnen wollte, musste akzeptieren, dass Nadine noch einige Behandlungen und einen Yoga-Kurs auf ihrem Plan hatte.

„Samstags nehmen sich Frauen eher Zeit für unsere Angebote, deshalb sind wir voll ausgebucht. Nur im Yogakurs haben einige wegen Erkältung abgesagt, dafür kommt aber auch eine neue Teilnehmerin, die ich noch nicht kenne.“

Tessie und Lea sahen sich vielsagend an.

„Er muss eine Komplizin haben“, flüsterte Tessie. „Schließlich waren es Frauen, die sich beschwert oder Termine abgesagt haben. Wenn sie das sein sollte, müssen wir unbedingt auch da sein.“

„Ich hätte jetzt beinahe gesagt, eine Frau ist doch nicht gefährlich“, raunte Lea zurück. „Aber da fiel mir diese Ninja-Kämpferin wieder ein und wir sind ja auch nicht ganz ohne. Aber so ein enges Trikot ziehe ich nicht an!“

„Ich habe ganz bequeme Out fits noch vom Kampfsport, die passen dir auch. Also nehmen wir am Yoga-Kurs teil oder schaffst du das nicht?“

Lea sah sie nach dieser Provokation nur milde lächelnd an. „Diese Frage habe ich diskret überhört, denn wenn 70 die neue 50 ist und ich noch zwei Jahre bis dahin habe, sind wir gleichaltrig!“
Tessie lachte herzhaft. Wann war ihr das jemals nach einer Diskussion mit ihrer Mutter so unbeschwert gelungen? Irgendwie war es jetzt einfacher oder leichter, miteinander umzugehen, weil sie ein gemeinsames Vorhaben einte. So etwas werden wir beibehalten, schwor sie sich.

Am nächsten Morgen beim gemeinsamen Frühstück schlug Nadine vor, noch vor den Behandlungen das Spa zu besichtigen. Tessie war erfreut. „Das ist eine tolle Idee, Katja hat ja bisher kaum etwas gesehen.“
Eine ganz andere Nadine, als die vom Vortag, führte sie dann durch ihren Entspannungstempel. Ruhig, gelassen und vor allem stolz auf dieses kleine Spa, zeigte sie alles, was Frauen half Stress und Beschwerden verschwinden zu lassen.

„Auf der linken Seite haben wir die Wasser-Anwendungen, also Floating, Aroma-Bäder und ähnliches."

„Und das duftet unbeschreiblich, was ist das?" Tessie flüsterte ihre Frage fast andächtig.

Nadine lächelte. „Das sind die Aromen, die glücklich machen, Neroli, Lavendel, Melisse, Rose und noch einiges."

Auch Katja sah sich begeistert um. „Die Farben sind wunderbar ausgewählt, so wohltuend. War das dein Werk, Lea?"

Die lächelte sichtlich zufrieden. „Ihr hättet das früher sehen sollen. Die Farbe an den Wänden war so öde, dass Matsch im Vergleich dazu richtig interessant aussah. Da wollte man nur noch die Flucht ergreifen."

„Und jetzt ist es der Sehnsuchtsort für die Frauen, die sich besonders freuen, wenn sie an einem Strand in der Südsee liegen können. Moment." Nadine tastete nach einem Sensor und sofort erklang beruhigendes Wellenrauschen.

„Das ist einfach fantastisch!" Katja war restlos begeistert. „Ich könnte einfach hier bleiben."

„Es gibt noch mehr", setzte Nadine ihre Führung fort, „was man nicht verpassen sollte. Auf der rechten Seite haben wir die Massage-Behandlungen, also Heißöl-Fruchtstempel-Massage oder das Hot-Stone-Treatment, was einfach nur Massage mit erwärmten Steinen bedeutet. Hier machen wir viel, um den Körper zu entgiften, das Gewebe zu entspannen und den Geist zu beruhigen. Wendy macht dort auch einige medizinische Anwendungen. Geradeaus ist der Yoga-Raum, in dem wir später neben Yoga auch noch andere Kurse geben wollen, aber das ist noch Zukunftsmusik."

Anerkennend musterten Tessie und Katja den großen Raum, der völlig schmucklos war, aber gerade deswegen beruhigend wirkte. Weiße Wände, ein heller Holzfußboden und einige imposante grüne Pflanzen unterstrichen seine Schlichtheit. Katja drückte anerkennend Nadines Hand.

„Ich finde es wirklich toll, dass Sie nie aufgegeben haben und so etwas Schönes, wie Ihr Spa, aufbauen konnten. Danke, dass Sie mir alles gezeigt haben, denn jetzt kann ich nachempfinden, wie wichtig es Ihnen ist. Ich werde alles dafür tun, dass Sie es nicht verlieren."

Einige Zeit später, Lea hatte gerade mit Heidi in der zukünftigen Hotelküche alle Zutaten für das gemeinsame Essen aufgebaut, das heute in der Hotelhalle eingenommen werden sollte, als Tessie herein rauschte und einen Beutel schwenkte.

„Mutter, wir gehen zum Yoga. Das hast du doch nicht etwa vergessen?"

Lea nickte Heidi bedauernd zu. „Fang schon mal an, es wird nicht lange dauern."

Nachdem beide in ihre dunkelgrünen Anzüge geschlüpft waren, platzierten sie ihre Yoga-Matten direkt neben der neuen Teilnehmerin, um sie ständig im Auge zu behalten.

Sie bemühten sich im Kurs zwar redlich, schließlich hielt Lea ihre Gymnastikübungen eisern jeden Tag durch und Tessie hatte gerade wieder mit Kampfsport begonnen. Aber irgendwie gelang es ihnen nicht, das zu erreichen, was Nadine demonstrierte.

„Glaubst du nicht auch, dass der Natur bei uns ein Fehler unterlaufen ist?" Lea flüsterte schwer atmend. „Nadine bewegt sich so leicht, als ob sie keinen Knochen im Körper hätte. Wieso haben wir nicht auch so eine Ausstattung bekommen? Das ist doch ungerecht!"

Tessie unterdrückte ihr Kichern und konzentrierte sich auf die fremde Frau. Nach etwa 10 Minuten verließ die den Raum, wurde aber von Tessie sofort gestoppt, als sie sich in Richtung Nadines Büro bewegte. „Sie sind vermutlich neu! Die Toiletten und Waschräume sind auf der anderen Seite. Ich wollte auch gerade dahin."

Die Frau bedankte sich mit einem verkniffenen Lächeln, das auch nicht herzlicher wurde, denn Tessie wartete und begleitete sie wieder zurück in den Yoga-Raum. Weitere Versuche unternahm die Frau nicht, aber Tessie atmete erst auf, als sie deren Auto davon fahren sah. Dennoch ließ sie sich von Nadine den Namen und die Adresse geben, um sie von Charlie prüfen zu lassen. Irgendetwas an dieser Frau war oberfaul, wie Rina sagen würde

Für die erste Behandlung von Nadines traumatischen Erlebnissen, hatte sich Katja einen Raum im Spa ausgesucht. Die vertraute Umgebung würde ihr helfen, sich leichter zu entspannen. Sie stimmte auch zu, dass Tessie, die Nadine schon länger kannte, teilnehmen sollte. Und so lag Nadine in einem Entspannungssessel bei leisem Wellenrauschen und ließ sich beruhigt fallen. Während Tessie ihre rechte Hand hielt, ließ Katja sie in der Trance an einem Sandstrand immer tiefer entspannen. Aber sobald sie zeitlich zurückgeführt, in die Nähe des ersten Arbeitsplatzes kam, verkrampfte sie sich.

Katja setzte jedesmal die Mentalfeldtechnik ein, um die emotionale Kraft des Traumas zu dämpfen.

Nach der dritten gezielten Akupressur, wurde Nadine ruhiger und konnte aus einiger Entfernung schildern, was damals geschah.

„Dietmar ist ein toller Chef, aber sehr streng. Ich habe vergessen, einen Termin umzubuchen, das ist mir erst auf dem Heimweg aufgefallen. Am besten gehe ich nochmal zurück, damit ich keinen Ärger bekomme. Es klappt, keiner zu sehen. Ich habe den Termin verändert. Aber wieso ist denn niemand hier? Die Türen waren doch offen, vielleicht ist jemand in den Waschräumen? Oh, da ist mein Chef mit Frau Roth, sie haben Sex...Nein, sie schreit ihn an...sie will das nicht... er vergewaltigt sie! Jetzt schleudert er sie an die Wand und da ist Blut am Kopf, so viel Blut. Ich habe geschrien. Jetzt kommt er auf mich zu, ich kann mich nicht bewegen, er fasst an meinen Hals, er wird mich töten."

„Nein, das wird er nicht." Katja sprach beruhigend auf sie ein.

„Mag sein, dass er es versucht hat, aber Sie leben. Sie sind stark, er hat es nicht geschafft.“

Dann holte sie sie behutsam aus der Hypnose zurück.

Nach diesem intensiven Erlebnis hatte Tessie eigentlich erwartet, dass Nadine am Boden zerstört wäre, aber die war mehr als wütend.

„Der hat mich eiskalt geopfert, dieser Mistkerl. Damit er nicht entdeckt und bestraft wird, hat er mir das Leben zur Hölle gemacht. Aber was mache ich denn jetzt? So einfach wird mir die Polizei meine Anschuldigungen nicht abnehmen.“

„Wir werden das heute Abend gemeinsam beraten, wir finden schon eine Lösung“, versicherte Tessie.

Zurück in ihrem Büro wurde sie schon von Charlie und Rina sehnlichst erwartet. „Wir wissen nicht, ob der Name der Frau echt ist, aber die Adresse ist es. Sie wohnt in der Villa von Urban. Wir haben bei Google Earth nachgesehen.“

Charlie wies auf den Monitor, auf dem ein imposantes und bestimmt teures Haus zu sehen war.

„Das war gute Arbeit! Wir kommen ihm immer näher.“ Tessie dankte den beiden zufrieden, aber Rina hatte noch einen Hinweis.

„Wir müssen sehr vorsichtig sein! Er plant etwas Schlimmes mit Säure. Flavia hätte gewusst welche, aber ich leider nicht.“

Tessie lächelte in sich hinein, vielleicht sollte sie auch mal bei dieser Flavia nachlesen, die ohne weiteres eine Nichte von Miss Marple hätte sein können. „Ich sage den anderen Bescheid und ihr nehmt immer Snoopie mit, wenn ihr rausgeht."

Nach dem gemeinsamen Abendessen, das Lea und Heidi exzellent zubereitet hatten, fasste Tessie die Ergebnisse des Nachmittags zusammen. Es gab viel Empörung, über die Dreistigkeit dieses Mannes, aber auch Wut darüber, wie wenig man gegen ihn unternehmen konnte.

„Wenn ich mir das vorstelle", ereiferte sich Lea, „dass dich dieser Mann über Jahre verfolgt hat, wie ein übler Geruch, eigentlich der übelste, den ich kenne. Und wir können es ihm leider nicht nachweisen. Wenn er sich selbst verraten würde, …aber das geht wahrscheinlich auch nicht."

„Vielleicht doch!" Alle drehten sich zu Charlie, dem das einfach herausgerutscht war. Genau genommen sollte er nur beobachten. Rina hatte aus Flavias unzähligen Regeln zitiert: *Man muss alles beobachten, ohne selbst bemerkt zu werden!* Das sei das Erfolgsgeheimnis aller großen Ermittler.

„Du hast eine Idee, wie wir ihn dazu bringen könnten?" Tessie beugte sich gespannt zu Charlie.

Der nickte nur. „Es könnte klappen, wenn Nadine noch die fiesen Kommentare auf ihrer Website hat."

Die sah kurz auf ihr Handy. „Es gibt neue, über den heutigen Yoga-Kurs. Soll ich mit dir in mein Büro gehen?"

Charlie war schon auf dem Weg, nickte nur und forderte auch Rina auf. „Wir sind ein Team!"

Die war bereits aufgesprungen. „Natürlich komme ich mit. Einer muss euch doch bewachen!"

Nadine betrachtete anschließend höchst erstaunt, mit welcher Geschwindigkeit dieser kleine Kerl auf der Tastatur ihres Computers herum hämmerte. Beinahe hätte sie etwas gesagt, aber Rina zog sie zur Seite und erklärte ihr altklug. „Du musst ihn solange in Ruhe lassen, bis er mit dem falschen Pfeifen anfängt, erst dann ist er fertig."

Ganz so schnell ging es doch nicht, denn die Sache schien schwieriger als erwartet, daher dauerte es auch etwas länger, bis Charlie rief: „Jetzt habe ich dich, du Schweinehund!"

Erschrocken sah er zu Nadine, aber die überhörte das großzügig, weil das, was sie sah, viel besser war.

Auf der Website, auf der Dietmar Urban seine Entspannungstempel präsentierte, standen jetzt die gehässigen Kommentare über ihr Spa, jetzt aber bezogen auf seine Einrichtungen.

„Ich mache noch einen Screen-Shot als Bestätigung und drucke es aus."

Mit mehreren Kopien kamen sie in die Abendrunde zurück, um sich feiern zu lassen. Als Charlie kurze Zeit danach die Seite erneut auf seinem Handy prüfte, waren die Kommentare bereits verschwunden. „Jetzt hat er es mitbekommen und unsere Rücksendung gelöscht."

„Das heißt aber auch", gab Fabian zu bedenken, „dass wir ihn

damit zum Handeln gezwungen haben. Er muss jetzt reagieren!"
„Er kommt morgen, schon sehr früh", flüsterte Rina angstvoll.
„Und wir werden ihn erwarten", rief Tessie und teilte ihre Leute
ein, während Nadine noch ihre Schwester informierte.
„Der kann sein blaues Wunder erleben!" Lea klatschte sich
mit Polly und Nadine ab. „Wer sich mit Amazonen anlegt, hat
schon verloren!"

Am nächsten Morgen begaben sich alle nach einem schnellen
Frühstück auf ihre verabredeten Plätze. Rina, Charlie und Snoopie
saßen im neuen Ausguck in der Ritterburg, um die Ankunft des
Verdächtigen rechtzeitig zu melden. Auch Dennis hielt sich dort
auf, um möglicherweise Urbans Auto fahruntüchtig zu machen
oder ihn an der Flucht zu hindern.
Nadine, Tessie, Lea, Polly, Katja und Wendy warteten an unter-
schiedlichen Stellen im Spa und Fabian war für den schnellen
Kontakt zur Polizei zuständig.
Die Frauen mussten nicht lange warten, bis die Kids aufgeregt per
Handy meldeten. „Er ist ausgestiegen und kommt jetzt auf das Spa
zu. Er trägt etwas, das gefährlich ist."
Nach dieser Nachricht verschwanden die Frauen sofort in ihren
Verstecken. Urban, der vermutlich damit rechnete, das Spa an ei-
nem Sonntag leer zu finden, bewegte sich völlig unbekümmert,
aber zielsicher in den Bereich mit den Wasseranwendungen.

Vor dem Regal mit den Aroma-Ölen blieb er stehen und nahm aus der mitgebrachten Tasche vorsichtig einige Fläschchen. Gerade wollte er davon in einen halbleeren Flakon tropfen, als Nadine aus ihrem Versteck trat.

„Der Herr Urban, was für eine Überraschung! Hat Ihre Komplizin gestern nicht geschafft, was Sie ihr aufgetragen hatten? Sonst hat das doch immer geklappt. Und all das nur, weil Sie ein mieser Vergewaltiger und Mörder sind!"

Urban hatte vor Schreck das Fläschchen fallen lassen und versuchte, die rauchende Stelle, an der sich die Säure in den Bodenbelag fraß, mit seinem Schuh zu verdecken. Dennoch hatte er sich erstaunlich schnell wieder gefasst.

„Ach, du hast dein Gedächtnis wieder? Du hättest es in der Psychiatrie besser gehabt, ich habe es doch nur gut mit dir gemeint."

Jetzt wurde Nadine wütend. „Tun Sie doch nicht so menschenfreundlich! Nachdem Sie diese arme Frau missbraucht und fast erschlagen haben, wollten Sie mich auch töten!"

„Ich habe nur auf deine Karotisgabel gedrückt, da bist du schon umgekippt und mit Frau Roth, das war ein tödlicher Unfall."

„Das war es nicht! Sie hat noch gelebt, als sie am Boden lag."

„Aber nicht mehr lange und du auch nicht!"

Drohend kam Urban näher.

„Das sehe ich anders!" Mit diesen Worten von Tessie traten die

Frauen eine nach der anderen aus ihrem Versteck und kreisten Urban ein. Der sah sich spöttisch um. „Soll ich mich jetzt mit Frauen prügeln?"

„Das würde ich Ihnen nicht empfehlen, schon gar nicht mit diesen Frauen." Fabian hatte mit raschem Griff die Flasche mit den Säuren sicher gestellt und trat jetzt auch näher.

„Und vielen Dank für Ihr Geständnis im Fall Greta Roth, das ich natürlich aufgezeichnet habe. Ich kenne einige Kollegen von der zuständigen Mordkommission, die darüber hoch erfreut und bereits auf dem Weg hierher sind."

 Jetzt wurde Urban doch unruhig, er drehte sich hektisch im Kreis und versuchte bei den Frauen offensichtlich die schwächste Stelle zu finden. Und entschied sich ausgerechnet für Nadine.

Aber die war nicht nur wütend, sie war auch von Polly gut vorbereitet und trainiert worden: *Wenn er dir zu nahe kommt, musst du ihm so stark du kannst, mit links auf den Fuß treten und dann das rechte Knie hoch und voll in die Kronjuwelen!*

Fast automatisch machte Nadine genau das, als Urban auf sie zustürmte, so sicher und überzeugend, als hätte sie es jeden Tag geübt. Entzückt klatschte sie in die Hände, als der Mann, der sie jahrelang gequält hatte, hilflos zu Boden sank.

Fabian schien diesen Ausgang schon vorausgeahnt zu haben, denn die Polizisten brachten auch gleich einen Krankenwagen mit und die Sanitäter sammelten Urban grinsend ein.

Sobald sie verschwunden waren, fielen sich die Frauen lachend und jubelnd in die Arme.

„Das muss gefeiert werden", rief Nadine, die so glücklich war, dass sie die ganze Welt hätte umarmen können. Ich habe auch schon eine tolle Idee für uns alle."

Als Fabian nach der Rücksprache mit seinen ehemaligen Kollegen in das Spa zurückkam, fand er 5 Frauen und 2 Kids in solchen Aroma-Bädern vor, die die Glücksgefühle und die Freude über den Sieg noch verstärkten.

Wohlig räkelten sich alle im duftenden Wasser und schienen an weiteren Informationen gar nicht interessiert zu sein, denn Wendy erfüllte alle ihre Wünsche nach dunkler Schokolade oder frischem Obst. Und mehr war nicht nötig!

Fabian lächelte und ging wieder. „Endlich passt dieser Satz auch mal für mich", murmelte er, als er das Spa verließ. „Es hätte wirklich schlimmer kommen können."

Ein verhängnisvoller Unfall

Eine gescheite Frau hat Millionen geborene Feinde – alle dummen Männer. – Marie von Ebner-Eschenbach

Der Novemberregen klatschte seit Tagen gegen die Fensterscheiben und wenn man hinaussah schien alles grau in grau.

Tessie Sommer betrachtete etwas kritisch ihr Karree, das sonst in der Sonne nur so strahlte, aber jetzt einen müden und traurigen Eindruck machte. Nur der Efeu, die immergrünen Gehölze und ihr dunkelgrüner Kaschmirpullover, brachten einige Farbtupfer in das ewige Grau.

Wir sollten unbedingt an Lampenketten denken, bevor wir eröffnen, machte sie sich eine Notiz für ihren Hinterkopf.

Inzwischen rückte dieser wichtige Termin immer näher. Ende November würde die Eröffnung des Event-Hotels *Memories* mit einer großen Halloween-Party gefeiert werden.

Auch für die nachfolgenden Aufenthalte war alles schon vorbereitet. Die Suiten im Blumenhaus, in denen die Paare übernachteten, waren bereits abgenommen. Lea hatte sich dabei selbst übertroffen und die Blumenzimmer nicht nur in den passenden Farben eingerichtet, sondern auch das ganze Zubehör entsprechend gestylt.

In den Fliederzimmern, es gab sie in weiß und einem sanften Lila, rochen dann auch Shampoo, Seife und Badeschaum nach Flieder.

Tessie gefielen alle Zimmer, aber wenn sie hätte wählen müssen, wären das Lilienzimmer, fast in weiß und das Tulpenzimmer in gelb, ihre Favoriten gewesen.

Verliebte würden sich wahrscheinlich eher für ein Rosenzimmer entscheiden, deshalb gab es davon auch vier, in weiß, gelb, rosa und dunkelrot.

Der Ballsaal für die Partys war zurzeit nur zweckmäßig gehalten, ließ sich aber für die unterschiedlichen Themen passend gestalten.

Auch die Hotel-Küche lief am Wochenende schon im Probebetrieb, weshalb sie dann alle von Lea und Heidi zu Testessern bestimmt wurden. Weitere Menüs waren bereits in anderen Gaststätten vertraglich vereinbart.

Sie sah nachdenklich zu ihrem Plan. Die Ritterburg musste sie noch einmal prüfen, denn bei den abenteuerlichen Übernachtungen für die Kids, gab es inzwischen auch noch wechselnde Monstererscheinungen, die sie noch nicht gesehen hatte.

Beim Personal lag sie ebenfalls in ihrem Terminplan. Da die Zimmerfrauen oder das Reinigungspersonal nur sporadisch benötigt wurden, hatte sie einige Rentnerinnen aus der Nachbarschaft gewonnen, die jederzeit zur Verfügung standen und sich gerne etwas dazu verdienen wollten.

Hoffentlich kommt nicht noch etwas dazwischen! Diesen Wunsch schickte sie täglich an das Universum und hoffte, dass er auch wahrgenommen würde. Inzwischen war die Familie ja schon einigen Kummer gewöhnt und bisher hatten sie auch alles gut überstanden.

So heftig wie durch Nadines Verfolger, sollte es allerding nicht noch einmal werden. Urban war inzwischen in Untersuchungshaft, aber der Prozess würde möglicherweise erst im nächsten Jahr beginnen können. Offensichtlich hatten die Ermittler noch einige andere Dinge entdeckt. Nadine hatte umgehend das gemeinsame Sorgerecht für ihren Sohn beantragt, aber auch da gab es bisher nur vorläufige Regelungen.

Tessie seufzte, weil sie sich kaum vorstellen konnte, wie lange diese junge Frau dem Psychoterror von Urban widerstanden hatte.

Polly würde sie so etwas wirklich nicht wünschen, gerade jetzt, wo sich möglicherweise Amazonen-Nachwuchs ankündigte.

Ihre Tochter hatte zwar noch nichts gesagt, aber sie und Lea hatten schon die ersten Anzeichen richtig gedeutet. Zum Glück konnten sie sich jetzt alle wieder sicherer fühlen.

Die Überwachungskameras bei den Geschäften hatte sie trotzdem beibehalten, man konnte ja nie wissen. Sie schüttelte lächelnd den Kopf, als ihr auffiel, dass sie sich in letzter Zeit immer öfter wie eine Glucke benahm, die alle anderen beschützen wollte. Dabei war das doch überhaupt nicht nötig.

Pollys Café lief auch ohne Außenbereich so gut, dass sie schon eine Aushilfe brauchte und später bestimmt noch mehr Hilfe.

Bei *Nadines Spa* gab es bereits lange Wartelisten und Jessicas

Schmuckkurse schienen auch ein Geheimtipp zu sein. Sogar die kleine *Suppenstation* der beiden Norweger war inzwischen unverzichtbar. Und auch im Hotel gab es jeden Tag Neues. Inzwischen hatte der Vorverkauf begonnen und sah bisher wirklich vielversprechend aus.

Nach der Eröffnungs-Party sollte es auch noch ein Halloween-Abenteuer mit viel Grusel geben, das war bereits ausgebucht.

Musikalische Reisen in die 50-er und 60-er Jahre würden folgen.

Da hatte Tessie sehr auf Peter Kraus gehofft, den Lea sogar persönlich kannte, aber leider hatte er zu ihrem Wunschtermin schon andere Auftritte. Also würde sie auf einen Doppelgänger setzen müssen, aber wenigstens Valerie war ein Original.

Der Kurs in weihnachtlicher Bäckerei war ebenso fast verkauft, wie eine Reise zurück in *Weihnachten, wie es früher war,* speziell für Menschen ohne Familienanschluss.

Hoffentlich schneit es bis dahin, schickte sie ihren nächsten Wunsch nach oben. Aber für alle Fälle hatte sie Plätze in einer fantastischen Wintersporthalle gebucht, die nicht das übliche Sporthallenflair hatte, sondern durch riesige Fotowände den Eindruck erweckte, sich wirklich in einem Winterwald zu befinden.

„Oma Valerie ist von der Kur zurück. Wo ist denn Charlie?"

Ihre Enkelin Rina kam ins Büro gestürzt, schlüpfte aber sofort aus ihren gelben Regenstiefeln und hopste erst dann in den Raum.

„Er ist in seinem Zimmer mit dem Sohn von Nadine. Ich glaube, sie wollten etwas spielen."

Bevor sie zu Ende gesprochen hatte, sah sie nur noch ein wehendes grünes Regencape. „Charlie Braun, dein wasserscheuer Hund ist gerettet. Oma Valerie ist wieder da!"

Mit dieser Ankündigung stürmte Rina in das gemeinsame Spiel- und Fernsehzimmer, in dem sich die beiden Jungs gerade ziemlich langweilten. Charlie hatte sich gefreut, dass ihn ein Junge besuchte, der so alt wie Rina sein sollte. Aber es war genauso wie in seiner Klasse. Der Junge interessierte sich nur für Fußball, hatte Angst vor Hunden, keine Ahnung von Computern und Flavia, die kleine Detektivin, kannte er auch nicht. Was für eine Enttäuschung!

Erst Rina brachte sie auf die Idee, gemeinsam zu Oma Valerie zu gehen, die mit ihnen Karten spielte und ihnen auch tolle Kartentricks zeigte. Charlie fand so etwas natürlich viel interessanter, als gelangweilt auf den Fernseher oder aus dem Fenster zu starren.

Auch Polly stand am Fenster und fühlte, wie die Trostlosigkeit des ewigen Regens auf sie überging. Sie kuschelte sich tiefer in ihre warme apfelgrüne Jacke. Wie hatte sie sich nur so übertölpeln lassen können?

Das wäre weder der klugen Miss Marple noch Goldy Schulz, der kochenden Hobby-Detektivin, passiert und ihrer Mutter und Oma Lea auch nicht. Am liebsten hätte sie gegen die Scheibe geschlagen, um ihren Frust loszuwerden, aber da es die Scheibe ihres Ca-

fés war, würde sie sich lieber beim Backen austoben. Das Gewürzbrot von Oma Lea wollte sie schon längst mal ausprobieren. Jetzt
war dafür die richtige Zeit!

Als sie zur Backstube eilte, wäre sie fast mit Fabian zusammenge-
stoßen, der jeden Tag seinen Kaffee in der *Blauen Stunde* trank und
behauptete, die Café-Atmosphäre würde ihm beim Nachdenken
und Schreiben helfen. Seit er ein erfolgreiches Buch über eine Poli-
zistin veröffentlicht hatte, die mit ihrer optimistischen Einstellung
auch eine Frau aus der Sommer-Familie hätte sein können, war
Fabian nicht nur ein sehr hilfsbereiter Privatdetektiv, sondern für
Polly auch ein guter Freund.

Er bemerkte natürlich sofort, wie bedrückt sie aussah.

„Ist es das Wetter, Ärger im Paradies oder etwas Ernstes?"

Polly seufzte und setzte sich zu ihm, nachdem sie seinen Kaffee mit
der speziellen Geschmacksnote zubereitet hatte.

„Ich habe schon öfter etwas in den Sand gesetzt, aber diesmal habe
ich mich so dämlich benommen, dass ich es selbst kaum glauben
kann."

„Familiendramen sind nicht mein Ding, da musst du mit Lea oder
Tessie reden, alles andere kannst du mir erzählen."

Polly schob ihm den Brief eines Anwaltes über den Tisch, in dem
dieser für seinen Mandanten 5.000 EUR für Arzt- und Gutachter-
kosten verlangte. Als Fabian sie nur fragend ansah, begann Polly
zögernd zu erklären. „Ich war letzten Monat unterwegs. An der

Einmündung Akazienstraße in die Platanenallee, musste ich an der Ampel halten. Als sie grün wurde, bin ich angefahren. Es kann sein, dass ich nicht sehr aufmerksam war, aber ich weiß, dass ich grün hatte.

Im gleichen Moment ist aber ein Fußgänger auf die Fahrbahn getreten und ich habe ihn leicht touchiert. Natürlich habe ich sofort gestoppt, bin rausgesprungen, um ihm zu helfen. Er hat sich entschuldigt, er sei unachtsam gewesen und es wäre ja auch nichts passiert. Das war auch so! Er hatte wirklich nichts, er war nicht gestürzt, hat nicht geblutet, ihm war auch nicht übel. Sein Mantel war etwas staubig, deshalb habe ich ihm meine Adresse gegeben, damit er mir die Rechnung für die Reinigung schicken kann."

„Und ihr habt nicht die Polizei gerufen?"

„Nein, das schien nicht notwendig. Moment, wenn ich mich genau erinnere, hatte ich schon das Handy in der Hand, aber der Mann hat gesagt, das sei ihm unangenehm. Er habe schon dauernd Ärger mit der Polizei, weil seine Musik den anderen Mietern zu laut sei. Er war kein Rockmusiker, sondern spielte Tenorhorn. Also habe ich die Polizei nicht informiert. Und dafür könnte ich mir selbst noch in den Hintern treten, denn die Haftpflicht greift bei Unfällen im Straßenverkehr nur, wenn ein Vorfall polizeilich erfasst wurde. Und Rina hatte mich noch gewarnt, es würde etwas passieren. Da habe ich aber nicht ans Autofahren gedacht."

Fabian schüttelte den Kopf. „Ich kann dein Problem nicht ganz nachvollziehen. Wenn nirgendwo dokumentiert wurde, dass du in die Sache verwickelt bist, dann können die dich auch nicht zu einer Zahlung zwingen."

„Aber genau das hat jemand getan!" Polly klang schon ziemlich verzweifelt und schob ihm weitere Unterlagen zu.

„Der Anwalt hat Fotos beigefügt, die ein zufälliger Passant gemacht hat. Da ist mein Auto zu sehen und auch, wie ich mit dem Mann rede. Außerdem gibt es ein medizinisches Gutachten von einem Professor Sowieso über eine schwere Beckenprellung und eine Trümmerfraktur am rechten Ellbogen, alles als Folgen eines schweren Autounfalls."

Fabian runzelte die Stirn. „Das passt alles viel zu gut zusammen, um wahr zu sein. Kennst du den Anwalt? Ich kann mich ja mal umhören, was das für ein Vogel ist. An deiner Stelle würde ich keinen Cent bezahlen, bevor das Ganze gründlich geprüft wurde. Du musst mit deiner Familie sprechen und dann macht ihr es wieder wie Miss Marple, das hat doch bisher super geklappt. Ich denke, euch werden noch einige Ungereimtheiten auffallen. Mich erinnert das Ganze an den alten amerikanischen Film *Curly Sue,* in dem ein Mann und ein kleines Mädchen, die auf der Straße leben, Unfälle fingieren und dann die Autofahrer abkassieren."

Polly, die sich jetzt schon viel besser fühlte, sprang auf. „Dann gibt es heute Abend einen Familienrat. Du bist doch dabei?"

Fabian schüttelte den Kopf. „Ich habe heute Klassentreffen von der

Polizeischule, da kann ich mich gleich mal umhören."

„Schade!" Polly zog eine Schnute. „Ich hätte heute Unterstützung gebrauchen können, weil das wirklich kein Spaziergang wird. Aber jetzt knete ich erstmal mein Gewürzbrot. Wenn ich mit vorstelle, diesen Mistkerl in den Fingern zu haben, wird das Brot fantastisch."

Am Abend nach dem gemeinsamen Essen, beichtete Polly tapfer ihr Problem, immer mit Vorhaltungen rechnend. Aber sie sah nur mitfühlende Mienen.

Als sie Fabians Vermutung erwähnte, rief Lea sofort. „Den Film kenne ich. Das was du erzählt hast, kommt dem wirklich nahe. Ich hätte nicht gedacht, dass jemand heute noch so einen alten Trick aufwärmt. Aber sowas hat schon öfter funktioniert. Erinnert euch an den *Maßbandmord* bei Miss Marple. Eine Schneiderin steht vor der Tür ihrer Kundin, die nicht öffnet. Zumindest hat sie das der Nachbarin erzählt. Eine Szene, die ganz normal aussieht, aber in Wirklichkeit total anders ist, weil die Schneiderin vorher schon im Haus war und ihre Kundin mit dem Maßband erdrosselt hat. Bei Pollys Unfall ist es ähnlich. Ihr wird suggeriert, dass sie zu schnell gestartet sei und den Mann angefahren habe, kann ja mal passieren. Aber in Wirklichkeit ist das eine sehr gut überlegte Aktion, wenn derjenige absichtlich vor das Auto gesprungen ist und das vermutlich nicht zum ersten Mal. Deshalb müssen wir uns das sehr genau ansehen."

Rina, die mit großen Augen alles verfolgte, begann sofort ihre Lieblingsdetektivin Flavia zu zitieren.

„Um ein Verbrechen erfolgreich aufzuklären, muss man vor allem den Tathergang präzise rekonstruieren. Charlie hat gerade eine Zeichnung gemacht, da ist die Einmündung und hier stand dein Auto, Mami?"

„Wo sie recht hat, hat sie recht." Dennis betrachtete die Skizze und die Fotos. „Und von wo kam der Mann? Und wer hat die Fotos gemacht? Ich kenne die Ecke ziemlich gut. Nach der Perspektive auf diesem Foto, würde ich behaupten, dass sei schräg von oben aufgenommen. Dort gibt es aber nur wenige mehrgeschossige Häuser. Also hat jemand vermutlich eine Kamera auf dem Balkon oder auf dem Dach installiert. Und wenn der nicht gerade das Wetter oder einheimische Vögel beobachtet, spricht doch einiges gegen eine zufällige Aufnahme."

„Und selbst wenn es so wäre, woher sollte der Anwalt gewusst haben, dass es diese *zufällige* Aufnahme gibt?", setzte Tessie die Kette der Schlussfolgerungen fort. „Hätte der Anwalt im Netz oder in der Presse dazu aufgerufen, wäre uns das bestimmt aufgefallen. Ich werde mich morgen gleich nach dem Gutachter erkundigen und unser Spezialist sucht im Internet nach allem, was er über den Anwalt findet. Einverstanden?"

Wie üblich salutierte Charlie lässig. „Wird gemacht, Oma Tessie."

Polly und Dennis hatten sich auch gerade abgestimmt. „Wir sehen uns morgen genauer an, von wo die Fotos gemacht wurden. Das könnte interessant werden."

Lea nickte zustimmend. „Morgen ist Sonntag, da sind die Geschäfte geschlossen, also gehe ich erst am Montag dort lang. Gibt es an der Ecke nicht einen Juwelier?"

Sie wandte sich an Polly. Die nickte sofort. „Ja, auf der anderen Seite der Einmündung. Aber da ist bestimmt nichts, was dir gefallen könnte."

Aber Lea lächelte nur. „Das werden wir sehen."

„Und was soll ich machen?" Rina sah etwas enttäuscht in die Runde, aber Tessie beruhigte sie sofort. „Du musst Charlie dabei helfen herauszufinden, welche Informationen für uns wichtig sind."

Jetzt lächelte Rina zufrieden. „Ja, da hast du recht. Vielleicht finden wir auch etwas über die anderen Frauen."

„Welche anderen Frauen?" Wer die Frage gerufen hatte, war nicht mehr ganz klar, aber die Antwort wollten alle hören.

Rina sah sie überrascht an. „Ich dachte, dass wisst ihr schon! Es gibt einige Frauen, die auch solche Briefe bekommen haben, ich denke, es sind mehr als drei."

„Das wird ja immer interessanter!" Tessie hielt es nur noch mit Mühe auf dem Stuhl, am liebsten wäre sie aufgesprungen, um gleich aktiv zu werden. „Da scheint sich jemand auf Frauen eingeschossen zu haben. Na, der wird uns kennenlernen! Falls das eine neue Geschäftsidee sein soll, die kann er gleich wieder vergessen.

Wie heißt der Mann denn überhaupt?"

Polly zog sich das Schreiben wieder näher heran. „Friedbert Schulze, und du wirst es nicht glauben, er wohnt in der Platanenallee. Was für ein Zufall!"

„Und friedlich gestimmt ist der bestimmt nicht", grummelte Lea.

„Aber wir auch nicht!"

Schon am nächsten Tag zeichnete sich ab, dass es sich nicht um einen fatalen Zufall, sondern um betrügerische Berechnung handelte. Tessie hatte am Telefon kurz mit ihrer Freundin Katja geplaudert und dann deren Mann, der Arzt war, nach dem Gutachter, Professor Harding, gefragt. Eigentlich hatte sie erwartet, dass er von einem Mediziner mit zweifelhaftem Ruf berichten würde, aber er bestätigte dessen fachliche Qualitäten nicht nur, er lobte sie sogar.

„Der Professor war ein exzellenter Gutachter, der nie die kleinste Kleinigkeit übersehen und immer objektiv bewertet hat."

Tessies Enttäuschung über diese Auskunft wuchs ins Uferlose, bis ihr etwas auffiel. „Du sagtest, er war. Macht er keine Gutachten mehr?"

Katjas Mann lachte. „Wie ich ihn kannte, wird er das in einer anderen Dimension fortsetzen, er ist leider letztes Jahr verstorben."

„Demzufolge kann ein Gutachten vom 16.Oktober dieses Jahres nicht von ihm sein. Danke, du hast mir sehr geholfen."

Tessie atmete auf. Dennoch blieben Unklarheiten. Hatte jemand die

Unterschrift des Professors gefälscht oder betraf die Fälschung nur das Datum? Dann könnte der Mann eventuell früher einen Unfall gehabt haben. Und so etwas war sicher auch zu finden.

Am Nachmittag kam Fabian mit neuen Informationen, die er Tessie schon auf der Treppe mitteilte.

„Dieser Anwalt war mal eine große Nummer, allerdings hat er in den letzten zwei Jahren nicht einen Prozess geführt. Natürlich könnte er anders gelagerte Fälle haben, aber eine Kollegin hat mir erzählt, er sei öfter in Spielhallen gesehen worden. Auf jeden Fall ist der mit Vorsicht zu genießen.“

Als beide Tessies Büro betraten, saßen Rina und Charlie auf dem Boden und sortierten jede Menge Blätter. „Habt ihr so viel über den Anwalt gefunden?“

„Nein.“ Charlie erhob sich, starrte dann aber verlegen zu Boden. „Ich wollte ja, aber Sven von der *Suppenstation* hat mir ein paar Tricks gezeigt, die musste ich ausprobieren und plötzlich war ich in der Datei des Anwalts. In der Ausgangspost lagen Briefe an 5 Frauen, die haben wir ausgedruckt und auch das Gutachten von dem Professor, das jedes Mal ein anderes Datum hat. Das war be- stimmt wieder nicht erlaubt, oder?“

Hoffnungsvoll sah er Tessie an, die einfach lächeln musste und aus dem Augenwinkel auch Fabians erhobenen Daumen sah.

„Erlaubt ist es natürlich nicht, aber es hilft unserer Polly und den anderen Frauen wirklich sehr. Aber versprich mir, dass du so etwas wirklich nur in Notfällen machst, sonst schnappen sie dich."

„Ich passe schon auf", rief Rina und schob ihren Arm um Charlies Schultern. „Reicht das jetzt, um die Bösen zu bestrafen?"

„Wer bestraft die Bösen, ich wäre dabei."

Dennis, der mit Polly von seiner Erkundung zurückkam, war ganz begeistert von dem Ergebnis. „Stellt euch mal vor, in dem Haus von dem das Foto vermutlich gemacht wurde, wohnt der Anwalt in der 3. Etage. Er soll wohl noch eine kleine Kanzlei in der Innenstadt haben, aber dort ist seine Privatwohnung."

„Das hat uns die Inhaberin von einem Café an der Ecke erzählt", ergänzte Polly. „Sie sagt auch, dass er in der Gegend nicht sehr beliebt sei, weil er ständig irgendwelche Abmahnungen an die Geschäftsleute verschickt, offensichtlich braucht er Geld. Und was habt ihr gefunden?"

Tessie lächelte zufrieden. „Einen toten Gutachter und 5 Frauen, die ähnliche Briefe bekommen haben, wie du. Wenn ich es recht betrachte", sie zog ihren altmodischen Tischkalender näher heran, „hat er jede Woche 2 Unfälle gehabt oder besser in Rechnung gestellt."

Polly hatte die Briefe überflogen. „Wirklich nur Frauen. Entweder hasst er Frauen oder er betrachtet sie als leichtere Beute."

Ihre Mutter nickte. „Ich bin schon einigen von dieser Sorte begegnet, deswegen sollten uns auf jeden Fall mit diesen Frauen verbünden. Charlie findest du auch die Telefonnummern?"

Tessie sah sich um, aber Charlie war schon an seinem Laptop.

„Das ist kein Problem. 3 Frauen haben ein Geschäft, da gibt es Telefon, bei zweien gibt es aber mehrere mit gleichem Namen."

„Das ist kein Problem, das finde ich heraus, allerdings erst morgen. Für heute lasst uns noch das Wochenende genießen."

Am nächsten Morgen hatte Tessie eine Menge zu tun, da verschiedene Lieferungen für das Hotel angenommen und geprüft werden mussten. Dazu gehörte auch, der nach ihren Wünschen umgestaltete Bus, der die Gäste zu den unterschiedlichen Events befördern sollte, die nicht im Haus stattfanden. Dann sah sie sich noch die Einbauten und Überraschungseffekte in der Ritterburg an, schließlich sollte Charlie zu seinem 10. Geburtstag dort ordentlichen Grusel erleben. Gleichzeitig war das auch der Testlauf für die kleinen Gäste, die später dorthin kommen würden.

Erst gegen Mittag kam sie dazu die Frauen anzurufen und erlebte bei jeder das Gleiche, erst ungläubiges Erstaunen und dann unbändige Wut. Es war ein Leichtes, diese Frauen für ein gemeinsames Vorgehen gegen die Betrüger zu gewinnen und Tessie vereinbarte gleich einen festen Termin. Bevor das Hotel öffnete, sollte alles geklärt sein. Und bis dahin waren nur noch 26 Tage, wie ihr der Blick auf eine Rakete mit dem Namen Event-Hotel *Memories* verriet, die schon abschussbereit war.

Diesen Hinweis auf den Countdown hatten Charlie und Rina gebastelt und genau in ihrer Blickrichtung an der Wand befestigt. Und diesmal war auch das Wort Hotel richtig geschrieben, wie beide beteuert hatten.

Nachdem sie mit Polly den Termin abgestimmt hatte, berichtete sie beim gemeinsamen Abendessen darüber und beriet sich auch mit den anderen, ob die gesammelten Fakten gegen Friedbert Schulze und seinen Anwalt ausreichen würden, um die betrügerische Erpressung aus der Welt zu schaffen.

„Meine derzeitige Lieblingsdetektivin, Jackie Dupon sagt, *bei einem Fall sammelt man Gedanken und Fakten, wie Fäden in einem Netz. Aber erst, wenn man soviel Fäden hat, dass sich das richtige Muster bildet, dann fängt sich auch der Täter darin.* Haben wir schon genügend Fakten? Charlie hat noch herausgefunden, wann der echte Unfall war, aber ich habe das Gefühl, dass noch etwas fehlt."

„Dann habe ich wahrscheinlich den letzten Faden, den du brauchst", meldete sich Lea siegessicher lächelnd. „Denn die Idee mit den Unfällen ist einfach zu dumm und dumme Menschen, das wusste schon Miss Marple, werden immer erwischt. Am besten kommt ihr mit, denn in Tessies Büro könnte ich euch zeigen, was ich von meinen Ermittlungen beim Juwelier mitgebracht habe." Nachdem alle Platz gefunden hatten, setzte Lea mit Genugtuung fort. „ Polly hatte zwar gesagt, dort wäre nichts für mich, das stimmte aber nur für den Schmuck. Der Rest hat sich gelohnt, denn der alte Herr Brentano war sehr gesprächig und hat mir erzählt, dass dort ständig irgendwelche Unfälle aufgenommen werden. Manchmal mit der Polizei, aber meist ohne. Aber das nur nebenbei, das Interessanteste war die Überwachungskamera, die Herr Brentano sehr gewissenhaft wartet. Und jetzt schaut mal, was passiert."

Fast atemlos verfolgten alle die kurze Filmsequenz, die Fabian über Tessies großen Monitor laufen ließ. Auch ohne Ton konnte man den Ablauf verstehen und sehen, wie ein Auto gerade anfuhr und ein Mann mit voller Absicht davor sprang.

„Genauso wie bei mir!" Polly war hochgeschossen. „Man sieht deutlich, dass das kein Zufall und schon gar kein Unfall ist."

„Warte, gleich kommt das Beste", hielt Lea sie zurück. Nachdem die Frau, wahrscheinlich die Anwärterin für das nächte Schreiben, davon gefahren war, kam aus dem Haus auf der rechten Seite ein Mann zu Schulze, hielt den Daumen anerkennend hoch und zeigte ihm etwas auf seinem Handy.

„Damit haben wir sie. Super, Grannie Lea!" Rina klatschte entzückt in die Hände.

„Und diese Aufnahme dürfte auch den Staatsanwalt interessieren", bestätigte Fabian. „Denn der Mann ist Schulzes Anwalt. Aber wir organisieren die Festnahme erst nach eurem Treffen. Wenn die sich möglichst gegenseitig beschuldigen, ist das wirksamer als eine Filmaufnahme."

Trotz des prall gefüllten Arbeitsplans, den jede zu erledigen hatte, nahmen sich Tessie, Lea und Polly die Zeit, das Treffen vorzubereiten. Der Termin sollte in zwei Tagen stattfinden und nach eingehender Diskussion entschieden sie sich, es morgens in Pollys Café stattfinden zu lassen. Wenn das Gespräch mit dem Anwalt und seinem Mandanten im Gastbereich ablief, konnten zuerst die Frauen und dann auch die Polizisten in der Backstube und dem Vorratsraum zuhören und später in das Café eintreten, während der Haupteingang verschlossen blieb.

Dann rief Polly den Anwalt an. „Sie haben sicher Verständnis dafür, dass ich diese Zahlung nicht über mein Bankkonto abwickeln möchte, das darf mein Mann auf keinen Fall erfahren. Daher würde ich ein Barzahlung und eine unauffällige Abwicklung sehr begrüßen."

Diese Begründung nahm ihr der Anwalt sofort ab und bestätigte auch, sich mit seinem Mandanten zum vereinbarten Termin einzufinden.

An dem alles entscheidenden Tag, strahlte Rina schon morgens und signalisierte damit Polly, dass alles in Ordnung gehen würde.

Das einzige was die Kinder störte, war die Tatsache, dass sie zur Schule gehen mussten, während hier die aufregende Festnahme der Betrüger stattfinden würde. Noch am Vorabend hatten beide geholfen, den Gästeraum, die Backstube und den Vorratsraum zu saugen und alle Glasflächen blank zu polieren, vielleicht auch in der Hoffnung, doch noch dabei sein zu können.

„Immer wenn es spannend wird, schickt ihr uns weg", klagte Rina. „Wie sollen wir denn dann richtige Detektive werden. Miss Marple musste in keiner Geschichte zur Schule gehen."

Polly grinste, schließlich hatte sie nachgelesen. „Aber Flavia musste zur Schule gehen, sogar in ein Internat in Kanada. Wäre euch das lieber?"

Rina war immer noch etwas unwillig, obwohl Charlie sie zu trösten versuchte. „Wir haben doch schon alles erledigt, der Fall ist glasklar. Das schaffen die Erwachsenen auch ohne uns, aber zur Feier sind wir wieder dabei."

Rina sah ihn bewundernd an und lächelte. „Das beruhigt mich wirklich."

Dann machten sich beide einträchtig auf den Schulweg.

Nachdem die Frauen und auch die beiden Polizisten wie vereinbart ihre Plätze eingenommen hatten, warteten alle auf den Anwalt, der pünktlich zur vereinbarten Zeit mit seinem Mandanten auf den Parkplatz hinter der Ritterburg einbog.

Dennis, in seinem besten Anzug, wies die beiden ein und wunderte sich darüber, dass sie den Autos der Frauen, die schon in der Backstube warteten, so gar keine Beachtung schenkten. Wahrscheinlich sind es sogar viel mehr Unfälle, als wir erfasst haben, überlegte er, wenn ihnen nicht einmal die Autotypen in Erinnerung sind. Die beiden gingen zügig in Richtung Café, wobei Friedbert Schulze seinen Gehstock eher hinter sich her schleifte, als sich darauf zu stützen. Polly begrüßte ihre Gäste an der Eingangstür und stellte ihnen ihre Mutter, als Besitzerin des Sommer-Karrees vor.

Während die Herren umständlich Platz nahmen, verschloss Tessie unauffällig die Tür und setzte sich dann wieder zu den anderen.

Lea servierte gekonnt den Kaffee und wartete dann hinter dem Tresen auf ihr Stichwort.

Die beiden schienen sehr angetan von der freundlichen Behandlung und taxierten vielleicht schon in Gedanken den Wert der Einrichtung, um weitere Kosten in Rechnung zu stellen, als sie von Tessie und Polly sehr schnell auf den Boden der Tatsachen zurückgeholt wurden.

„Wie geht es Ihnen denn?" Tessie erkundigte sich zunächst ganz freundlich bei Friedbert Schulze, um dann nachzusetzen.

„Sie müssen ja fürchterliche Nahtoderfahrungen gemacht haben, wenn sie Professor Harding treffen konnten, er ist ja immerhin schon fast ein Jahr tot. Und dennoch hat er Ihnen ständig neue Gutachten verfasst, obwohl Ihr echter Unfall schon vor 3 Jahren stattfand und im Unfallkrankenhaus behandelt und dokumentiert wurde. Das ist doch erstaunlich, finden Sie nicht?"

Die beiden gaben sich zunächst noch beleidigt und als zu Unrecht verdächtigt, der Anwalt plusterte sich deswegen richtig auf.

„Das hätte ich mir denken können", wandte er sich an Polly.

„Sie versuchen sich doch nur um die Zahlung zu drücken und

zitieren Dinge, die niemals so stattgefunden haben. Vermutlich haben Sie den Mann oder die Namen verwechselt."

„Da könnten Sie recht haben." Polly gab sich betroffen. „Bei der Vielzahl der Frauen, denen Ihr Mandant vor das Auto gesprungen ist, kann man auch die Übersicht verlieren."

„Welche Frauen?", krächzte der Anwalt, nun doch etwas irritiert und lockerte seine Krawatte.

„Na, diese hier", rief Lea und winkte die wartenden Frauen in den Gastraum, die sich um die beiden scharten und wenn man ihren Blicken glauben konnte, auch keinen entkommen lassen wollten.

Eine hochgewachsene Blondine trat direkt auf Friedbert Schulze zu und sah ihn an, wie etwas, das sie sich von der Schuhsohle kratzen müsste.

„Wenn ich nicht genau wüsste, dass man für Körperverletzung auch bestraft werden kann, würde ich Ihnen meine Meinung, zu dem was Sie getan haben, mit den Fäusten ins Gesicht schreiben. So kann ich nur sagen: Sie sind wirklich das Allerletzte!"

„Das war ganz alleine seine Idee", schrie jetzt Friedbert Schulze empört. „Frauen haben sowieso keine Ahnung vom Autofahren und Angst vor Anwälten, hast du gesagt! Und das sei eine Super-Geschäftsidee, dass ich nicht lache!"

Vergebens versuchte der Anwalt seinen Mandanten zurückzuhalten, schließlich raunte er im zu. „Halt doch endlich mal die Klappe! Das müssen die uns erstmal beweisen."

Lea, die daneben stand, hatte auch das gehört und sah ihn nur verächtlich an.

„Sie sollten sich nie wieder mit Frauen anlegen, dafür fehlt es Ihnen an Intelligenz, Kompetenz und an der notwendigen Klasse!
Selbstverständlich können wir das, was wir behaupten, auch beweisen. Kennen Sie den Juwelier Brentano? Er ist stinksauer auf Sie,
wegen Ihrer unberechtigten Abmahnungen. Mir hat er dagegen
gerne geholfen. Der alte Herr hat sein Geschäft gegenüber Ihrem
Wohnhaus und seine Überwachungskamera immer an. Und er hat
mir einen interessanten Film anvertraut, der den Staatsanwalt sehr
interessieren dürfte.“

Jetzt sprang der Anwalt auf, sah sich panisch um und versuchte den
Ausgang zu erreichen. Die Frauen, die ihn zurückhalten wollten,
stieß er brutal zur Seite, kam aber nicht an Tessie vorbei, die ihn
mit einem eleganten Hüftwurf auf den Boden streckte.

Als die Frauen beifällig klatschten, hob sie abwehrend die Hände,
stellte dann aber blitzschnell ihren Fuß in den Nacken des Anwalts,
der gerade kriechend entkommen wollte.

Nachdem Fabian seine ehemaligen Kollegen herein gewinkt hatte,
erfolgte die Festnahme ziemlich schnell und ohne weiteren Wider-
stand. Während die beiden mit hängenden Köpfen zum Polizeiwagen geführt wurden, jubelten die Frauen, klatschten sich ab oder
fielen sich lachend in die Arme.

Alle nahmen Pollys Einladung gerne an, denn jede wollte wissen, wie die Sommer-Frauen das Ganze aufgeklärt hatten. Lea servierte Sekt, Tessie schenkte Kaffee ein und Polly verteilte ihre kalorienreduzierten Leckereien, nicht ohne auf diesen Vorteil ausführlich hin zu weisen. Nachdem alles noch einmal ausgewertet war und alle mehrfach auf kluge und starke Frauen angestoßen hatten, erhob sich eine zierliche Brünette.

„Ich möchte mich von ganzem Herzen bei euch bedanken, ihr habt in diesem Fall clever ermittelt und uns gezeigt, wie man mit solchen Typen umgehen muss. Wahrscheinlich hätte ich einfach bezahlt, mich aber jahrelang darüber geärgert. Ihr seid echt toll, alle drei! Ich habe einen Kostümverleih mit allen Extras, wenn ihr so etwas brauchen solltet, könnt ihr euch immer an mich wenden."
Tessie, die schon lange nach etwas Ähnlichem gesucht hatte, nahm das Angebot gerne an und tauschte fleißig Visitenkarten aus.
Zum Schluss hatte sie, außer zu dem Kostümverleih, der sehr nützlich für die *Reisen in die 50-er, 60-er und 70-er Jahre* sein würde, auch neue Kontakte zu einer Autowerkstatt, einer Wäscherei mit Reinigung, zu einer Reisejournalistin und einer netten Rentnerin, die in der Theaterkasse ihrer Enkelin arbeitete.
Und außerdem, was viel wichtiger schien, Kontakt zu Frauen, die ähnlich tickten wie sie. Ein wirklich gutes Ergebnis, dachte Tessie zufrieden. Als auch die weiblichen Gäste aufgebrochen waren und Dennis wieder an seinen Entwürfen arbeitete, saßen Polly, Tessie und Lea noch einen Moment zusammen, ohne zu reden.

Irgendwie musste erst realisiert werden, dass der Alptraum endlich vorbei war. Und jetzt sollten wir so schnell wie möglich, das Hotel eröffnen, ehe noch etwas passiert, dachte Tessie, als Polly plötzlich aufsprang und alle beide stürmisch umarmte.

„Ich bin so froh, euch beide zu haben! Ich glaube, das habe ich noch nie so deutlich gesagt. Und ich bin wirklich glücklich, dass wir wieder eine Familie sind. Alleine hätte ich das bestimmt nicht geschafft!"

Lea wischte sich die Tränen ab und auch Tessie war ganz gerührt.

„Du weißt doch, dass wir immer für dich da sind, Krümel. Und diesmal ganz besonders. Immerhin…"

In diesem Moment stürmten Rina und Charlie, die an der Tür gelauscht hatten, in den Raum und setzten fröhlich krähend fort:

„Hätte es schlimmer kommen können!"

Der falsche Erbe

Das Böse bleibt niemals ungestraft – weil kluge Frauen mit Durchblick, Mut und Ideen dafür sorgen, dass Miss Marple recht behält.- Tessie, Lea, Polly und Rina Sommer

Das nasskalte Novemberwetter schien sich endlich beruhigen zu wollen. Es war zwar immer noch grau und trübe, wenn Tessie Sommer aus dem Fenster sah, aber es goss nicht mehr, wie aus Kübeln.

Und so oft fiel ihr Blick auch nicht aus dem Fenster, sondern eher auf die abschussbereite Rakete mit dem Namen *Event-Hotel Memories,* das ihre Enkel Charlie und Rina gebastelt hatten.

Nur noch 20 Tage bis zum Countdown, der großen Eröffnungsfeier und noch so viel zu tun und zu bedenken.

Tessie seufzte. Immerhin hatte sie noch nie ein Hotel besessen oder geführt, aber manchmal erinnerte sie das ganze Geschehen in der Vorbereitung sehr an den Kindergarten, den sie früher geleitet hatte. Auch da war anfangs oft das pure Chaos gewesen und dann hatte doch alles wunderbar geklappt.

Ihre optimistische Grundeinstellung hatte ihr bisher immer geholfen, egal wie groß die Probleme auch sein mochten. Verglichen mit den Befürchtungen, die sie im März hatte, als sie das Karree erbte und möglichst schnell in die Bewirtschaftung bringen musste, um der horrenden Erbschaftssteuer zu entgehen, wurden die Probleme kleiner. Nachdem das Beerenhaus mit seinen Lofts und Zweier-Kombinationen zum Wohnen vermietet war, das Baumhaus mit IT-Firmen, Pollys Café, *Nadines Spa*, Jessicas Geschenke-Laden und der kleinen *Suppenstation* ebenfalls ausgelastet war, ging es jetzt nur noch um das Blumenhaus und die Ritterburg, die zu einem Hotel werden sollten.

Und das möglichst bald!

Auch wenn der Umfang der Aufgaben geringer wurde, dachte Tessie etwas sarkastisch, kam manchmal eine völlig andere Qualität dazu, bei der sie notgedrungen zu Hobby-Detektivinnen, wie Miss Marple, werden mussten. Sie begeisterte sich schon lange für Krimis, besonders wenn Frauen mit Spürsinn, Humor und auch einer Portion Frechheit ermittelten. Auch Lea, Polly und sogar Rina lasen Ähnliches und hatten alle ihre Lieblings-Detektivinnen.

Aber das Mitfiebern und Mitraten im gemütlichen Lesesessel unterschied sich doch erheblich von der Notwendigkeit, selbst zu ermitteln, selbst zu überführen.

Sie schüttelte unwillig den Kopf und schickte ihren täglichen Wunsch an das Universum. *Bitte lass alles friedlich bleiben, wenigstens bis wir eröffnet haben!*

„Oma Tessie, kann ich dich stören?"

Tessie sah zur Tür. Wenn ihre Enkelin mit so einem sorgenvollen Gesicht um die Ecke lugte, hatte sie bestimmt wieder eine ihrer Visionen oder Vorahnungen gehabt. Dann kam ihr Wunsch an das

Universum vermutlich schon zu spät. „Komm rein, Spätzchen. Was hast du denn, geht es um Charlies Geburtstag?"

Rina kam zögernd näher und zupfte nervös an ihrem hellgrünen Pullover. „Nein. Kennst du einen falschen Prinzen?"

Tessie lächelte, setzte sich in die Sesselecke und zog Rina auf ihren Schoß. „Das ist ein Märchen von Wilhelm Hauff. Reicht es, wenn ich dir die Kurzfassung erzähle?"

Rina nickte und hörte aufmerksam zu.

„Der Schneider Labakan glaubt, wenn er ein prächtiges Gewand tragen würde, könnte er auch ein echter Prinz sein. Also stiehlt er ein solches Gewand und geht auf Reisen. Unterwegs trifft er auf einen echten Prinzen, der auf dem Weg zu seinem unbekannten Vater, einem Sultan ist. Obwohl der Prinz freundlich zu ihm ist, betrügt Labakan ihn und stiehlt in der Nacht sein Pferd und seinen Dolch, das Erkennungszeichen für den Sultan. Dann gibt er sich dort als Prinz aus und wird vom Sultan auch anerkannt, aber dessen kluge Frau schafft es mit einer List, den Betrüger zu entlarven."

„Ich habe davon geträumt, aber du kennst doch keine Prinzen, oder?"

Rina schien irritiert. Ihre Vorahnungen kamen meist unsortiert und nicht immer klar zum Vorschein. Tessie kannte das von sich auch und lächelte erneut. „Bis jetzt ist mir noch kein Prinz begegnet, außer zum Fasching. Aber das zählt ja nicht wirklich."

„Dann ist es ja gut!" Erleichtert hopste Rina von ihrem Schoß und aus dem Büro. An dieses Gespräch dachte Tessie erst wieder, als Christian anrief, der Anwalt mit den aufregenden Augen, den Tessie schon etwas näher kennengelernt hatte. Er war zu einem wichtigen Fachkongress in den USA gewesen und meldete sich zurück, um sie erneut einzuladen.

Bisher hatte sie sich sehr zurückhaltend gezeigt, weil sie ihn eigentlich schon viel zu sehr mochte und sich über seine Gefühle nicht ganz sicher war. Mal ein Konzertbesuch ja, aber mehr bitte nicht! Allerdings wusste er offensichtlich ganz genau, wobei sie schwach werden würde. „Ich habe für morgen Abend Karten für das Johann-Strauß-Orchester und hoffe, du lässt mich dort nicht alleine hingehen. Es ist nämlich etwas Besonderes."

Schon als er das Wort Strauß nur erwähnt hatte, zog Tessie ihren Terminkalender näher. Seit sie Rockmusiker mied, war ihr die negative Wirkung mancher Rockmusikarten auf ihren Körper und ihre Psyche bewusster geworden. Während sie früher die harten, aggressiven Rhythmen bevorzugte, die den Blutdruck erhöhten und das Herz schneller schlagen ließen, liebte sie heute eher schwungvolle Musik, die anregend und beruhigend zugleich war und ihren Stress davon fliegen ließ. Und Walzer schaffte genau das.

„Für Walzer habe ich immer Zeit", murmelte sie.

Er lachte. „Und diesmal dürfen wir sogar tanzen und auch noch stilecht. Weil es ein Jubiläumskonzert ist, wird das Publikum gebeten, in der Kleidung dieser Zeit zu erscheinen. Wenn das ein

Problem ist, ich kenne einen guten Kostümverleih."

„Ich inzwischen auch." Tessie kicherte kurz, als sie an die Frauen in Pollys Café dachte, sah noch einmal zur Countdown-Rakete und erinnerte sich auch, was alles noch zu erledigen war, dann aber gewann die Freude die Oberhand. „Das ist wirklich toll, ich komme gerne."

Christian räusperte sich. „Es gibt da noch etwas, aber wahrscheinlich ist es unwichtig. Bei uns hat sich ein Mann gemeldet, ein Herr Alfred Lang, der behauptet, auch ein uneheliches Kind von Henning Bergmann zu sein. Er hat einen Brief von Henning an seine Mutter vorgelegt, der nicht datiert ist und in dem von einer Schwangerschaft nicht die Rede ist, obwohl er behauptet, das älteste Kind zu sein. Ich habe ihm gesagt, dass seine Chancen ohne eine Vaterschaftsanerkennung oder eine DNA-Analyse schlecht stehen, selbst wenn er einen Monat älter wäre als du. Schließlich hat dein Vater ein Testament hinterlassen, in dem du als einziges Kind stehst. Obwohl Herr Goldberg sagt, Lang würde dem jungen Henning Bergmann täuschend ähnlich sehen, aber das kann auch Zufall sein. Also vergiss es besser wieder."

Selbst wenn sie nichts von Rinas Vorahnungen gewusst hätte, fühlte Tessie jetzt selbst, dass da offensichtlich tatsächlich ein falscher Prinz oder besser ein falscher Erbe unterwegs war, möglicherweise wartete er ja die Hotel-Eröffnung ab. Hoffentlich!

Aber erstmal brauchte sie ein Kleid! Deshalb zog sie die Visitenkarte des Kostümverleihs aus ihrer Box und ließ sich von einer Frau mit einer sehr angenehmen Stimme beraten.

„Ein Ballkleid im Biedermeierstil? Kein Problem, wäre ihnen ein zartes Hellgrün recht? Wir liefern auch ins Haus, passt Ihnen 17.00 Uhr?"

Für den Rest des Tages geriet die Sache mit dem möglichen zweiten Erben in Vergessenheit, denn Lea kam mit der Erfolgsnachricht, dass das Whisky-Seminar, das sie mit Julian Richter für Ende Januar geplant hatte, schon restlos ausverkauft war.

„Die Planung hat mit so große Freude gemacht, als ob mir Henry über die Schultern sehen würde. Ich wusste es wird gut, es braucht nur alles ein bisschen Zeit."

Dann sank sie in den Sessel und sah sich zufrieden um. „Das gilt auch für den Riesenstoß Papier auf deinem Schreibtisch."

Tessie lachte. „Im Trösten bist du wirklich gut. Wenn du das zu deinem Nebenjob machst, kannst du mehr verdienen, als beim Kochen."

„Ja." Lea nickte nachdenklich. „Ich könnte wirklich vielen beibringen, was wichtig ist und was ich über das Leben gelernt habe. Das lässt sich nämlich mit vier Wörtern zusammenfassen: *Es geht immer weiter!* Aber wahrscheinlich hat das irgendwann schon irgendeine andere kluge Frau gesagt."

Am Abend erfolgten dann noch einige geheime Vorbereitungen, deren Zweck sich erst am nächsten Morgen erschloss.

Am frühen Morgen des nächsten Tages lag Charlie in seinem geliebten gelben Bett mit schwarzen Zacken und starrte etwas enttäuscht zur Decke.

Heute hatte er Geburtstag, aber keiner hatte irgendetwas gesagt oder eine Feier auch nur angedeutet. Er wurde heute 10 Jahre alt, das konnten die anderen doch nicht vergessen haben!

Natürlich hatte er auch schon Geburtstage erlebt, an denen er mit seinem Paps ganz alleine war. Aber jetzt doch nicht mehr! Jetzt hatte er doch eine wunderbare große Familie. Snoopie kam von seinem Hundebett, tapste auf ihn zu und stellte seine Vorderpfoten auf das Laken. Charlie ließ sich das Gesicht ablecken und lachte, weil es so kitzelte.

Dann knurrte Snoopie leise und sah zur Tür. Da war doch etwas! Charlie setzte sich schnell auf. Man hatte ihn schon zweimal entführt und er wusste seitdem, wie sich Gefahr anfühlte. Und die anderen schliefen bestimmt noch, also musste er handeln. Er sah sich nach etwas um, mit dem er sich und Rina verteidigen konnte, fand aber nur den Wanderstock, den ihm Oma Valerie geschnitzt hatte. Den umklammerte er fest, schlich leise zur Tür, riss sie auf…und hätte beinahe seinen Geburtstagskuchen erschlagen.

Vor der Tür stand die ganze Familie, Oma Tessie, Grannie Lea, Polly, sein Paps und auch Rina, mit einem Schokoladenkuchen, auf dem 10 Kerzen brannten.

„Charlie Braun", rief Rina. „Für den Kuchen brauchst du ein

Messer und keinen Stock! Trotzdem herzlichen Glückwunsch und jetzt wünsch dir was Schönes und puste!"

Alles soll so bleiben wie bisher, war das Einzige, was Charlie dachte, bevor er sich große Mühe gab, alle Kerzen gleichzeitig zu löschen. Nachdem ihm die gesamte Familie gratuliert und ihn mehrmals umarmt hatte, wurde der Schokokuchen mit Minzgeschmack sofort verspeist und alle saßen auf dem Boden um Charlie herum, der vor Freude kaum zum Essen kam.

„Ihr beiden duscht jetzt schnell und zieht euch an, dann geht es auf große Abenteuerreise", ordnete Polly an, während sie Lea unauffällig vom Boden wieder hochzog. „Eure Sachen habe ich schon bereit gelegt."

Als Charlie und Rina die karierten Hemden und die Westernhüte sahen, jubelten sie schon. „Jippy! Wir fahren ins Eldorado!"

„Ich bin mir sicher, dass die Kinder in unserem Programm genauso reagieren werden. Eine alte Goldgräberstadt, Cowboys, Pferde, Postkutschen, indianische Traditionen, das ist Abenteuer pur", lachte Tessie. „Bringt sie bitte in einem Stück wieder zurück. Henny und Nicki kennen sich dort schon gut aus, sie können euch ablösen, falls ihr eine Bootsfahrt machen wollt oder es euch in den Saloon zieht."

Die Ruhe, als alle verschwunden waren, schien Tessie zunächst wohltuend zu sein, ging ihr aber dann mehr und mehr auf die Nerven. Natürlich konnte sie einige aktuelle Vorgänge schneller abschließen, aber ihr fehlte der übliche Trouble doch. Nachdem sie noch mit Lea entspannt ein spätes Frühstück genossen hatte, gönnte sie sich einen Mittagsschlaf und ließ sich dann von Jessica, die neben der Schmuckherstellung auch noch andere Talente hatte, die Haare im Biedermeier-Stil frisieren.

Als sie sich dann im Spiegel betrachtete, fand sie, dass sie mit den hochgesteckten Löckchen wirklich wie jemand aus einem anderen Jahrhundert aussah. Fehlte nur noch das Kleid.

Aber als das geliefert wurde, blieb ihr nur wenig Zeit, einen kurzen Blick darauf zu werfen, bevor es einen Überfall von zwei maskierten Banditen gab, die nicht nur dem Stamm der Schwarzfüße anzugehören schienen, sondern auch solche Hände hatten, aber restlos glücklich waren.

„Charlie durfte sogar in der Postkutsche mitfahren, die auf der Mainstreet überfallen wurde", rief Rina. „Und er war so tapfer!" Charlie grinste nur. „Ich habe die Geldkassette festgehalten. Von mir hätten die Räuber nichts bekommen, aber unsere Pferde waren sowieso schneller."

„Und dann haben wir Fotos gemacht. Und jetzt sucht man uns, mit Steckbrief und so!"

Rina konnte gar nicht aufhören zu erzählen, während Charlie bei jedem Detail, das sie erwähnte, nur glücklich grinste.

Nach dem gemeinsamen Abendessen im Speisesaal des neuen Restaurants, bezogen die Kids dann, immer noch freudig gestimmt, ihr Quartier für eine Nacht in der Ritterburg. Nachdem sie die düsteren Korridore passiert hatten, wurde ihnen doch etwas mulmig, denn die Erwachsenen hatten nicht verraten, was von den Dingen, die die Kids selbst ausgewählt hatten, genau in dieser Nacht passieren würde. Rina war froh darüber, dass ihr Zimmer gleich neben Charlies Raum war, der hatte schließlich noch Snoopie zur Verstärkung.

Auch Tessie war ein wenig mulmig, denn sie wusste ebenfalls nicht, was in den nächsten Stunden passieren würde.

Auf das Abendessen hatte sie bereits vorausschauend verzichtet, als sie das Korsett unter dem Ballkleid entdeckt hatte. Konnte man damit überhaupt sitzen oder atmen?

Als sie sich hineingezwängt und Lea die Verschnürung straff gezogen hatte, vergaß sie alle Beschwerden und bewunderte nur noch ihre schmale Taille. Das war es wirklich wert, mal einen Abend flacher zu atmen. Und es wurde ein wunderschöner Abend, bei dem sich der sonst so zurückhaltende Christian, sogar fast leidenschaftlich zeigte. Auch Tessie war sehr angetan von dem geschickten Tänzer und noch mehr von dem festen Körper, der sie an sich schmiegte. Heute Nacht wäre alles möglich gewesen, aber leider nicht mit diesem Korsett!

Am nächsten Morgen nach einem gemeinsamen Frühstück mit Lea, erzählte sie ihr von dem Mann, der behauptete, der ältere Sohn von

Hennig Bergmann zu sein und ihm auch täuschend ähnlich sähe.

„Auf keinen Fall! Er soll einen Monat älter sein als du? Das glaube ich nie und nimmer und das kann ich auch beweisen. Ich muss nur mal in meiner Blackbox der Erinnerungen graben."

Tessie, die diese Reaktion bereits erwartet hatte, lächelte. „Rina hat mich bereits vor einem falschen Prinzen gewarnt."

„Das ist er garantiert. Ich sehe gleich nach."

Nachdem Lea empört davon gerauscht war, wurde auch Tessie neugierig, bisher kannte sie von ihrem geheimnisvollen Vater lediglich den Namen, hatte aber nie ein Bild gesehen. Deshalb suchte sie Charlie, um ihm einen Sonderauftrag zu geben, der sicher einige Zeit erfordern würde.

Sie fand ihn bei Rina, die ihm gerade erzählte, was alles passiert war, denn er hatte die Gruselnacht in der Ritterburg einfach verschlafen. „Mir gefielen die fliegenden Nachthemden am besten", stellte Rina gerade fest.

Tessie unterdrückte ihr Lächeln. Sollten das, nicht schwebende Geister gewesen sein? Zumindest hatten sich das die Konstrukteure so gedacht.

„Charlie, könntest du mir bitte im Netz alle Fotos suchen, die unter diesem Namen gelistet sind. Das wird nicht einfach, aber ich glaube du findest etwas."

Den Zettel mit dem Namen steckte Charlie sorgfältig in eine seiner vielen Hosentaschen und salutierte wie üblich.

„Wird gemacht, Oma Tessie.“

Er brauchte nicht sehr lange, denn es gab nur ein verwertbares Foto, das er sehr schnell ausgedruckt und auf Tessies Platz gelegt hatte. Dann ging er nach oben und fand Rina, die dabei war, Nadeln durch grüne Fäden zu ziehen. Sie konzentrierte sich dabei so sehr, dass sogar die Zungenspitze mithelfen musste. Charlie musterte sie neugierig. „Was machst du da?“

Rina ließ sich kaum bei ihrer Arbeit stören. „Ich lerne stricken, damit ich schneller klug werde, weil ich die Sache mit dem falschen Prinzen immer noch nicht verstehe. “

„Und wie kamst du dabei auf Stricken?“

Jetzt lächelte Rina etwas überlegen. „Du hast immer noch nicht Miss Marple gelesen, sie strickt ständig und deshalb muss man davon schlauer werden. Schließlich hat sie alle Fälle gelöst.“

Das schien Charlie noch nicht zu überzeugen. Er murmelte nur „Internet“ und verschwand dann wieder.

Nach einer knappen Stunde tauchte er wieder auf, diesmal mit Stricknadeln und gelber Wolle.

„Die habe ich von Oma Tessie, sie hat mir alles gezeigt. Fingerübungen fördern die Denk- und Merkfähigkeit des Gehirns, sagt das Internet, deshalb stricke ich jetzt auch. Meins wird ein Kissen.“

„Und meins die andere Hälfte“, griente Rina, „dann sind wir schneller fertig und schneller klüger.“

Die nächsten Tage waren so angefüllt, dass Tessie den falschen

Erben fast vergaß. Aus dem früheren Speisesaal und der Küche im Erdgeschoss des Beerenhauses wurden wieder Büroräume, die Lea in Windeseile und farblich so fantastisch einrichtete, dass die neue Buchhalterin vor Freude in die Hände klatschte und die neue Assistentin sofort Fotos für ihre Follower in den sozialen Netzwerken machte.

Auch Tessie war begeistert. „Das hast du wirklich toll gemacht. Es sind gut durchdachte Arbeitsräume, aber so angenehm und elegant gestaltet, dass man sich einfach wohlfühlt. Du solltest dir mein Büro auch mal vornehmen."

„Gerne. Ich hätte da noch eine Idee", begann Lea, die Tessies Begeisterung nutzen wollte. „Ich bin ja nicht mehr die Jüngste und auch nicht mehr so gut zu Fuß. Und wir haben in der Hotelküche viel zu tun…"

„Was brauchst du?" Tessie, die an den Stapel auf ihrem Schreibtisch dachte, wurde ungeduldig. „Willst du jemanden einstellen?"

„Um Gotteswillen, nein, ich wollte doch nur, wegen des Weges…"

„Mutter", wurde sie wieder unterbrochen. „Brauchst du Badeschaum? Für mich hört es sich so an, als wolltest du in Selbstmitleid baden!"

Wider Erwarten war Lea nicht beleidigt, sondern lachte herzhaft. „Das muss ich mir merken. Eigentlich wollte ich dir einen Vorschlag machen." Sie legte den Grundriss des Blumenhauses auf Tessies Schreibtisch. „Wenn wir hier in den Gang neben dem

Kühlraum einen Durchbruch machen, könnte jeder aus dem Beerenhaus in unseren neuen Speisesaal gelangen, ohne bei Regen nass zu werden und auch ohne sich bei Kälte warm anziehen zu müssen."

„Und Heidi und du kommt auch einfacher in die Küche, sehr geschickt argumentiert! Was sagt denn Dennis dazu?"

Lea lächelte. „Er hat es bereits abgenickt, aber ich sollte es dir schmackhaft machen."

„Danke, Mutter, das ist dir wirklich gelungen. Und das mit dem Selbstmitleid ziehe ich natürlich zurück."

„Vergeben und Vergessen. Du hast schließlich noch mehr Probleme. Hat sich dieser Erbprinz schon gemeldet? Denn dass er falsch sein muss, ist jetzt amtlich."

„Das musst du mir genauer erklären." Tessie zog Lea in die Sesselecke und sah sie fragend an. „Du meinst, du könntest es beweisen?"

Lea legte ein offiziell aussehendes Formular auf den Tisch, das eine Vielzahl von Stempeln aufwies. „Eigentlich genügt eine einfache Rechenaufgabe. Du bist im Juni 1974 geboren, also haben wir dich im September 1973 produziert. Das muss dir jetzt nicht peinlich sein, ich hatte schließlich viel Freude dabei. Und ich weiß auch genau wo das war. Wir waren auf Rügen, Hennings Tante hatte dort ein kleines Häuschen, in dem wir den ganzen Sommer verbracht haben, von Juli bis September."

„So viel Urlaub hattest du?“

Tessie sah sie zweifelnd an, aber Lea zuckte nur mit den Schultern. „Vielleicht hatte ich auch gekündigt? Na, und! Ich war jung und verliebt! Und außerdem wusste ich, dass die mich sowieso wieder einstellen. Schließlich war ich wirklich eine Super-Köchin.“

„Das bist du immer noch“, bestätigte Tessie. „Du musst nicht nach Komplimenten fischen. Aber wie kam es zu diesem Papier?“

„Henning bekam damals ziemlichen Ärger. Er hatte zwar eine Einreise- und Aufenthaltsgenehmigung, aber natürlich nicht so lange. Wir haben das einfach ignoriert und geglaubt, es würde keiner merken. Dann haben sie uns aber aufgespürt und er wurde mit der Polizei zur Grenze eskortiert und zurückgebracht. Bei seinem nächsten Besuch, der sein letzter war, hat er mir das, als Erinnerung da gelassen. Damit ist also dokumentiert, dass er in dieser Zeit unmöglich irgendeine andere Frau hätte schwängern können.“ Lea strahlte Tessie an.

Die nickte. „Damit können wir jeden Versuch des falschen Erben zunichte machen. Die Sache ist rund.“

„Stimmt. Bei *Mord im Pfarrhaus* hat Miss Marple betont, *dass jede Einzelheit befriedigend erklärt werden muss.* Das haben wir mit diesen Unterlagen getan, aber wir sollten den falschen Prinzen erst mal kommen lassen, ehe wir unsere Karten aufdecken. So leicht sollten wir es ihm nicht machen, oder?“

Jetzt lächelte auch Tessie erwartungsvoll. „Ich lasse mir etwas einfallen. Wer uns aufs Kreuz legen will, muss früher aufstehen."

„Und besser kämpfen können", ergänzte Lea. „Ein paar von den Hüftwürfen könntest du mir bei Gelegenheit auch mal zeigen. Sowas ist immer nützlich."

„Und da denken die Leute, Gott oder das Schicksal hätten keinen Humor", murmelte Tessie, als ihre Assistentin, kaum eine Viertelstunde später, den Anruf eines Alfred Lang durchstellte.

„Er hat das ziemlich geschickt gemacht", erzählte sie später den anderen beim Abendessen. „Er hat mich zu keiner Zeit als Schwester angesprochen oder an mein Mitleid appelliert, obwohl er ständig seine Überzeugung durchklingen ließ, er sei der rechtmäßige Erbe. Aber er wüsste ja, dass seine Chancen ohne einen Vaterschaftsnachweis nicht gut seien, dennoch würde er gerne am Lebenswerk seines Vaters mitwirken. Er habe sich leider erst jetzt damit beschäftigen können und wolle etwas gut machen, was immer das auch heißt."

„Du meinst, er will sich hier bewerben?" Polly war empört. „Der will sich hier ins gemachte Nest setzen! Wo war er denn, als wir hier geschuftet und umgebaut haben? Der beruft sich auf einen Brief, der lediglich besagt, dass der alte Bergmann seine Mutter kannte. Das ist doch oberfaul!"

Tessie sah in die Runde, die Pollys Meinung zu teilen schien.

„Wir sollten ihn uns erst mal ansehen und mit ihm reden. Dann

sehen wir weiter. Er kommt morgen früh. Polly, könntest du es einrichten, ihm die Anlage zu zeigen?"
Die verzog das Gesicht. „Höchst ungern!"
Aber Lea legte ihr begütigend die Hand auf die Schulter. „Du sollst ihn ablenken, damit wir seine Abreibung vorbereiten können."
Jetzt grinste Polly spitzbübisch und salutierte wie Charlie. „Wird gemacht, Oma Tessie! Und das mit großer Freude."

Am nächsten Morgen lauerten Tessie, Lea und Polly am Fenster, während die Assistentin Alfred Lang am Parkplatz abholte. Als er näherkam, griff sich Lea erschüttert ans Herz und wurde sichtlich blass. „Er sieht haargenau so aus wie Henning damals! Wir haben uns immer darüber lustig gemacht. Wir trugen doch in den Siebzigern nie etwas anderes als Jeans oder Hippie-Klamotten, ich am liebsten einen Bananenrock. Und er kam immer stinkfein mit Anzug und Krawatte."
Tessie kramte auf ihrem Schreibtisch. „Das ist leicht zu erklären. Schau mal, was mein kleiner Spezialist ausgegraben hat. Das ist offensichtlich das einzige Foto vom jugendlichen Henning Bergmann, das im Netz zu finden ist und genau so hat er sich gestylt. Vielleicht ist er Schauspieler oder kennt einen guten Visagisten. Die können mit Schminke und Perücke jeden täuschend ähnlich aussehen lassen. Erinnert euch an Meryl Streep im Film als Margaret Thatcher, die sah doch absolut echt aus."

Alfred Lang betrat Tessies Büro wie ein Terrain, das er bereits vereinnahmt hatte. Sie nahm sofort die taxierenden und teilweise abwertenden Blicke wahr, die er auf die Einrichtung warf und fühlte sich ein wenig unvorbereitet, in ihrem noch nicht renovierten Büro.

Aber dann erinnerte sie sich wieder daran, wer vor ihr saß, und dass er mit Sicherheit nicht zu schätzen wusste, welche Opfer sie damals für ihren antiken Rosenholzschreibtisch gebracht hatte. Wochenlang hatte sie das edle Teil im Schaufenster angeschmachtet, bis sie es sich endlich leisten konnte, aus eigener Kraft.

Und ganz sicher wusste er nicht zu schätzen, was sie gemeinsam im gesamten Sommer-Karree mit eigenen Händen aufgebaut hatten und dass ihr Büro nicht ohne Grund das letzte war, was in Ordnung gebracht werden musste.

Sie drückte ihren Rücken gerade, nahm professionell seine Bewerbungsunterlagen im Empfang und stellte ihm ihre Tochter vor.

„Ich würde gerne Ihre Unterlagen in Ruhe ansehen. Polly kann Ihnen inzwischen die gesamte Anlage zeigen, damit Sie einen Eindruck von dem bekommen, was von Ihnen erwartet wird, falls Sie hier wirklich anfangen wollen. Ich würde auch gerne Ihr Feedback hören, wenn wir anschließen noch gemeinsam einen Kaffee trinken."

Kaum hatten die beiden das Zimmer verlassen, kam Lea aus dem Nebenraum und setzte sich zu Tessie. „Hast du die Blicke gesehen?

Als ob ihm schon alles gehören würde. Wie willst du vorgehen? Mit der Feinfühligkeit und dem Taktgefühl von Miss Marple kommen wir vermutlich nicht weit."

„Meine Lieblingsdetektivin Jackie Dupont verweist immer darauf, dass man bei einer Ermittlung mit Sympathie und gutem Benehmen nicht weit kommt. *Manchmal muss man an die Grenze des Erträglichen gehen, denn bei einem Verbrechen heiligt der Zweck die Mittel.*"

„Die Frau gefällt mir. Aber wie willst du das konkret machen?" Lea lauschte gespannt und voller Vorfreude.

„Wir müssen ihn mit allem, was wir tun, aus der Fassung bringen. Abgelenkte Menschen vergessen zu lügen. Ich will ihn richtig provozieren, dafür habe ich schon einiges, aber es fehlte mir noch etwas Entscheidendes. Jetzt habe ich in den Unterlagen seine Adresse gesehen und genau dort, hat die große Blonde, die neulich Friedbert Schulze verprügeln wollte, eine Autowerkstatt. Der schicke ich jetzt sein Foto und rufe sie an."

Nach wenigen Minuten strahlte sie und bedankte sich für die Hilfe. „Stell dir vor, sie kennt ihn. Das ist doch der Möchtegern-Schauspieler, hat sie gesagt. Nur weil er eine Zeitlang beim Film in der Maske gearbeitet hat, erzählt er jedem, er sei Schauspieler und bereite sich auf eine große Rolle vor. Er war zwei Jahre im Knast und ist erst seit kurzem wieder draußen."

Lea hatte sich die Bewerbung angesehen. „Hier steht, er habe in den letzten zwei Jahren sein BWL-Studium beendet, was er unterbrechen musste. Interessante Formulierung! Jetzt freue ich mich richtig auf den Schlagabtausch."

Als Polly mit Alfred Lang zurückkam, war der Kaffeetisch gedeckt und Lea goss gerade ein.

„Wie war Ihr Rundgang?" Tessie beugte sich nach vorne, als sei sie wirklich interessiert an seinen Äußerungen.

Er lächelte überheblich. „Es ist schwierig, etwas Endgültiges zu sagen, wenn man selbst, vieles professioneller gehandhabt hätte, aber da waren Sie als Frau sicher auch sehr oft überfordert."

Tessie nickte kommentarlos, biss aber die Zähne zusammen, als er offensichtlich kühner geworden, fortsetzte. „Wenn ich erst Geschäftsführer bin, wird vieles anders werden."

Jetzt reichte es Tessie. Sie stand betont langsam auf, ging um den Tisch herum, um von oben auf Lang herab zu schauen, was den sichtlich irritierte.

„Interessant! Wann kamen Sie eigentlich auf die Idee, sich als Sohn von Henning Bergmann auszugeben? War das vor dem Knast oder erst als Sie vor einem Monat wieder entlassen wurden?"

„Wie können Sie es wagen, mir so etwas zu unterstellen. Ich habe schließlich seinen Brief an meine Mutter." Lang hatte sich empört erhoben und knallte einen alt aussehenden Briefbogen auf den Tisch.

„Der Brief beweist lediglich, dass Henning Bergmann ihre Mutter zu irgendeinem Zeitpunkt kannte", entgegnete Lea und drückte Lang an den Schultern wieder auf seinen Platz.

„Manche bilden sich ja im Knast weiter", begann wieder Tessie.

„Hätten Sie das auch getan, wären Ihnen die rechtlichen Schwächen Ihres Plans aufgefallen."

„Aber er hat sich doch in Betriebswirtschaft weitergebildet", setzte Lea fort. „Dass die Universitäten jetzt auch Außenstellen in den Gefängnissen haben, ist wirklich erstaunlich."

Lang reagierte nur stoisch auf die Spitzen, er schien sich noch gut im Griff zu haben. Tessie musterte ihn genauer. Er musste wirklich ein dickes Fell haben. Rina hätte gesagt, wie ein Nashorn mit Kettenhemd. Bei der Erinnerung daran musste sie lächeln und stellte erstaunt fest, dass ihn das deutlich zu verunsichern schien. Sie beschloss das Verfahren abzukürzen. „Wissen Sie, was Sie verraten hat?"

Er drehte überrascht von dem Wechsel den Kopf zu ihr.

„Ihre wirklich miese Maske, mit der sie dem jungen Bergmann ähnlich sehen wollten, das hätte jeder Anfänger besser hinbekommen!"

„Sie haben doch überhaupt keine Ahnung!" Jetzt schoss Lang förmlich hoch und brüllte empört. „Ich leiste hervorragende Arbeit, das wissen alle beim Film. Ich bin der beste Maskenbildner und diese Maske war das Beste überhaupt. Ich sehe genauso aus, wie das Foto von dem Alten, obwohl wir überhaupt nicht verwandt sind." Vor Überraschung über seinen Ausbruch, blieb ihm fast der Mund offen stehen.

Tessie beschloss die Sache zu beenden. „Sie hätten bei der Maskenbildnerei bleiben sollen! Am besten gehen Sie, bevor ich die Polizei rufe."

Als Lang seine Bewerbungsmappe nehmen wollte, zog Tessie sie schnell zurück. „Die bleibt hier als Beweis. Hochstapelei ist kein Kavaliersdelikt, sondern eine Straftat, das sollten Sie eigentlich wissen. Auch wenn der Versuch vereitelt wurde, ist schon das Herstellen unechter Zeugnisse und Diplome strafbar. Sollten Sie je wieder einen Vorstoß in diese Richtung unternehmen, bekommt der Staatsanwalt diese Mappe."

Lang ging, noch um Haltung bemüht, aber nicht, ohne sich noch einmal umzusehen. „Hätte sich sowieso nicht gelohnt. Ist ja nur ein kleiner, mieser Saftladen! Und dass der Brief frei erfunden war, haben Sie nicht einmal gemerkt, typisch Frau!"

Das Gelächter der beiden Frauen ließ ihn dann doch schneller verschwinden. Als er endlich weg war, klatschten sich Tessie und Lea begeistert ab.

„Wir haben ihn fertig gemacht, diesen arroganten Schnösel", jubelte Lea. „Das hat richtig Spaß gemacht! So, und jetzt wollen wir mal weiter an diesem miesen, kleinen Saftladen arbeiten. Was hast du morgen vor?"

Tessie sah kurz auf ihren Terminkalender. „Morgen kommen zwei

Damen von einem Reisebüro für Frauen, die spezielle Wünsche haben.“

Lea runzelte die Stirn. „Dann wäre das ungünstig, was ich vorhabe. Was ist heute Nachmittag?“

Tessie lächelte. „Da treffe ich mich mit den Frauen, die wir von den Rechnungen für falsche Unfälle befreit haben. Wir wollen so etwas wie ein Frauen-Netzwerk gründen. Um uns besser gegenseitig zu informieren, nicht nur bei kriminellen Machenschaften, sondern auch bei geschäftlichen Dingen. Das dauert sicher länger und es wird auch später werden. Aber du musst dir keine Sorgen machen.“

Lea grinste wegen der Anspielung auf frühere Auseinandersetzungen. „Im Gegenteil. Das passt mir ausgezeichnet.“

Als Tessie am nächsten Morgen, nach einer wirklich kurzen Nacht, ihr Büro betrat, zuckte sie zurück, weil sie im ersten Moment dachte in der Buchhaltung gelandet zu sein. Aber dann sah sie ihren Rosenholz-Schreibtisch, der wie neu glänzte und nach Bienenwachs duftete.

„Und was sagst du?“ Lea drängte hinter ihr in den Raum. „Ist unsere Überraschung geglückt?“

„Das ist so toll! Danke, Mutsch, du hast mir wirklich eine große Freude gemacht!“

Tessie umarmte ihre Mutter glücklich, ehe sie sich alles in Ruhe ansah, das warme Gelbgrün an den Wänden, die Schränke und Regale, die abgeschliffen und lasiert waren und die Polster in der Sesselecke, die jetzt moosgrün bezogen, zu einem gemütlichen Gespräch einluden. Vor dem Fenster stand jetzt eine Bank mit Grünpflanzen, die dem Raum den letzten Schliff gab. „Wirklich toll! Wie habt ihr das so schnell geschafft?"

„Es war wirklich nicht viel Arbeit und alle haben mitgeholfen", murmelte Lea, die von der ungewohnten Anrede ganz gerührt war.

„Deine Einrichtung ist sowieso viel zu bescheiden, aber jetzt sieht es einfach besser aus. Und nun lasse ich dich auch weiter arbeiten."

Obwohl Tessie jeden Morgen auf die Countdown-Erinnerung sah, traf sie fast ein Schock, als dort wirklich eine 1 auftauchte. Nur noch ein Tag und so viel zu tun oder zu kontrollieren!

Ehe sie in Panik ausbrechen konnte, sah sie zu ihrem Schreibtisch, auf dem wenig Unerledigtes wartete, seit sie Mitarbeiterinnen hatte.

Die Buchungen für das Hotel waren schon bis in das Frühjahr hinein ausverkauft und die Programme sogar mit Vertretungen abgesichert. Weder die Küche, noch Pollys Café, *Nadines Spa* oder *Jessicas Blumenladen*, die alle auf die Eröffnung vorbereitet waren, hatten bisher Katastrophenmeldung abgegeben.

Die Halloween-Party für den nächsten Tag, war bis ins Kleinste vorbereitet, auch die Kostüme warteten schon auf ihre Trägerinnen.

Also absolut kein Grund den Stresspegel künstlich zu erhöhen.

Zur Eröffnungs-Party hatte sie alle Menschen eingeladen, die mitgeholfen hatten, dass aus dem heruntergekommenen Bergmann-Gelände das jetzige Sommer-Karree wurde und auch alle, die mit dem neuen Event-Hotel verbunden waren.

Seit Tagen war dafür der größte Raum im Hotel für die Party entsprechend vorbereitet und geschmückt worden. Nachdem sich Lea und Heidi endlich über die gruseligsten Vorschläge für das Buffet einig geworden waren, brach ein regelrechtes Dekorationsfieber aus, wie Tessie bei ihrem Kontrollbesuch feststellte. Sie hatte noch nie so viel schwarzen und weißen Tüll in einem Raum gesehen. Aus jeder Ecke starrten Totenköpfe oder Fledermäuse von oben herab. Am Eingang stand ein Skelett, das die Eintretenden mit *Trick or treat* begrüßte.

Sie schmunzelte. Das war natürlich wieder eine Idee von Rina und Charlie, die Dennis mit seinen geschickten Händen umgesetzt hatte. Vom Parkplatz bis zum Eingang stand schon ein Spalier von Kürbissen, die aber erst am nächsten Tag leuchten würden.

An der Schmalseite des Raumes sollte das Buffet aufgebaut werden, auf das jetzt schon eine Speisekarte hinwies.

Ihre Mutter und Heidi hatten eine Menge Fantasie investiert. Tessie schüttelte sich schon bei Ankündigungen, wie *Blutige Vampir-Suppe, Spinnenbraten, Blätterteigdarm, Glubschaugen-Bowle und Hexentrank.* Von Polly würden noch gebackene *Leichenfinger* kommen, die sie schon gekostet hatte und Plätzchen, die *teuflische*

Glutaugen hießen. Als sie zurück in ihrem Büro war, kamen Rina und Charlie vorbei, um ihr eine Kostprobe zu bringen, denn sie waren die ersten, die die *Glutaugen* probiert hatten.

Während sie noch über die Zutaten rätselten, kam Polly, die ihrer Mutter freudestrahlend ein Ultraschallbild zeigte und von einem wichtigen Gespräch mit einer neuen Bäckerin berichtete: „Es hat geklappt, sie fängt schon nächste Woche an."

„Mami hat eine Bäckerin eingestellt", flüsterte Rina Charlie zu.

„Sie darf sich doch nicht mehr so anstrengen. Jetzt müssen wir nur noch das Zimmer herrichten und dann kann es kommen."

„Wer denn?" Charlie verstand überhaupt nichts, wie immer wenn Rina Vorahnungen hatte.

Die schüttelte über seine Begriffsstutzigkeit nur den Kopf. „Na, das Baby natürlich!"

„Was denn für ein Baby?"

„Mami bekommt ein Baby. Hast du denn das nicht gewusst?"

Charlie sah sie verständnislos an und rannte dann aus dem Zimmer.

Polly schüttelte tadelnd den Kopf. „Rina, du bist heute so subtil wie ein Schneidbrenner. Jungs haben keine Vorahnungen, deswegen muss man ihnen so etwas behutsam beibringen. Ich rede mit ihm."

Aber Tessie hielt sie zurück. „Lass mich das machen."

Wie erwartet, fand sie Charlie in der Ritterburg auf der Fensterbank, die Dennis für die Kinder in den Ausguck gebaut hatte und setzte sich neben ihn. „Du wusstest es wirklich nicht, oder?"

„Nein", antwortete er traurig. „Und ich hatte mir erst zum Geburtstag gewünscht, dass alles so bleibt."

Tessie betrachtete ihn besorgt, er schien wirklich schockiert und enttäuscht zu sein. Sie tastete sich langsam vor. „Fällt es dir denn so schwer ein großer Bruder zu sein? Mit Rina kommst du doch gut zurecht."

Charlie nickte. „Aber Jungs sind doof, die wollen immer nur Fußball spielen."

Jetzt erst verstand Tessie sein Problem. „Du denkst das Baby würde ein Junge?"

Charlie nickte mit herzzerreißend trauriger Miene.

„Da kann ich dich beruhigen. Bei uns gibt es nur Mädchen."

Er sah sie hoffnungsvoll an. „Echt?"

Und als sie nickte, sprang er freudig auf und rannte los. „Jetzt muss ich etwas Wichtiges suchen", hörte sie noch, dann war er verschwunden.

Kurze Zeit später, Polly prüfte in ihrer Backstube gerade die Vorbereitungen für den nächsten Tag und ließ ihre Blicke über all die gruseligen Leckereien schweifen, die schon fertig waren, als Charlie hereinstürzte und grinsend einen Zettel schwenkte.

„Ich habe einen Namen gefunden, für das Baby. Das war gar nicht so leicht, weil ihr die besten Namen schon verbraucht habt. Aber es kann Nana heißen, nach Nanapyle."

„Diese Amazone kenne ich gar nicht." Polly sah ihn zweifelnd an.

Aber Charlie war sich sicher. „Im Internet steht, sie war eine *gefeierte Königin der Weiber auf Lemnos*. Und das Internet hat immer recht.“

Sie schmunzelte und umarmte ihn, auch weil sich das gefürchtete Drama gar nicht erst entwickelt hatte.

„Dann machen wir das so. Du kannst es jetzt deinem Paps erzählen, er ist im Blumenhaus und hat ja auch keine Vorahnungen.“

Der Tag der Eröffnung des Hotels ließ die Spannung und die Nervosität bei den Frauen noch etwas zunehmen. Bisher hatten sie alles locker geschafft, aber bei dieser Dimension, spürten sie doch mehr Aufregung als sonst.

„Als mein Café eröffnet wurde, war ich schon ein Nervenbündel, aber ein Hotel ist ja noch eine Nummer größer, hoffentlich kippt keine von uns um“, flüsterte Polly Lea zu.

„Dann liegt es nicht an uns, sondern am Korsett“, grinste Lea, die ihre Aufregung noch gut verbarg. „Außerdem weiß ich, dass alles gut wird.“

Polly sah sie zweifelnd an. „Bist du sicher?“

„Nein“, grinste Lea. „Aber zu sagen, dass es gut wird, ist besser als das Gegenteil.“

Nachdem alles bereit stand, was Küche, Weinkeller und Backstube liefern konnten, waren die Frauen endlich bei ihren eigenen Vorbereitungen. In Tessies Büro hingen Kostüme, mit denen alle drei hinreißende Hexen sein würden, mit weit schwingenden schwarzen Kleidern, passenden Korsagen und spitzen Hüten. Schon das sorgte beim Anziehen für Gelächter.

„Lasst uns jetzt noch einmal lachen“, rief Lea, „bevor wir keine Luft mehr bekommen.“

„Du musst die Schnüre doch nicht so fest ziehen“, riet ihr Tessie.

„Ich habe neulich mit Korsett getanzt und das ging wunderbar.“ Während die drei, von Nadine und Jessica, die selbst als Zombies gingen, frisiert und geschminkt wurden, stellten sich Rina und Charlie als kleine Vampire vor und bestaunten die Hexen.

„Ihr müsst gute Hexen sein, ihr seid so hübsch und nur ein wenig schaurig“, stellte Rina kritisch fest.

„Das stimmt! Wir sehen viel gruseliger aus“, betonte Charlie und zeigte auf seine mörderischen Reißzähne, die ihm Oma Valerie angeklebt hatte.

Gemeinsam brachen sie auf, um die Gäste im Saal zu empfangen. Sie waren fast am Eingang, als Tessie bemerkte, dass sie ihre Armbanduhr vergessen hatte. Sie brauchte sie zwar nicht unbedingt, als Hexe sowieso nicht, dennoch fühlte sich irgendwie nackt, ohne ihre Uhr. „Leute, geht schon mal vor. Ich habe meine Uhr vergessen und gehe schnell nochmal zurück.“

Polly verdrehte zwar die Augen, scheuchte aber dann die anderen doch in Richtung Saal.

Als sie ihre Bürotür aufriss und das Licht einschaltete, war Tessie noch etwas außer Atem. Deshalb brauchte sie einen Moment, bis sie darauf reagieren konnte, dass der falsche Erbe, Alfred Lang, gerade ihren Schreibtisch durchsuchte.

„Ach Sie dachten, ich sei abwesend und Sie könnten sich doch noch ein Stück von dem Kuchen sichern? Pech gehabt, mein Lieber!"

Sie trat auf ihn zu, aber Lang hatte plötzlich ein Messer in der Hand und schien damit auch umgehen zu können.

„Sie öffnen jetzt sofort Ihren Safe, bevor ich Ihnen Ihr hübsches Gesicht verziere. Ich brauche Geld und Sie sind reich! Also los!"

Tessies Gehirn reproduzierte sofort alles, was sie über einen Messerangriff gelernt hatte. Deshalb tastete sie nach ihrem Hexenbesen, dessen Stiel aus Hartplastik war. Das würde ausreichen.

Da sie ihn die ganze Zeit nur anstarrte und nicht reagierte, wagte Lang den Angriff. Tessie sprang sofort aus dem Bereich des Messers und tänzelte um ihn herum. Dabei hielt sie den Griff des Besens bereit, bis sie Gelegenheit für einen heftigen Schlag auf sein Handgelenk hatte und das Messer herunterfiel. Sofort sprang sie auf den Überraschten zu und dann genügte ein Hüftwurf, um ihn ziemlich hart auf dem Boden landen zu lassen.

Schnell schob Tessie das Messer mit dem Fuß unter den Schrank, um dann zufrieden festzustellen, dass ihr Korsett bei diesem Kampf keinen Schaden genommen hatte. Sie tastete sich noch ab, als Christian, ihr Anwalt, hereinstürzte. „Ich habe das Poltern gehört, brauchst du meine Hilfe?"

Tessie schüttelte lächelnd den Kopf, aber Lang schien in dem Moment seine letzte Fluchtmöglichkeit zu sehen.

Er rappelte sich hoch und stürmte zur Tür, wo ihm der Anwalt reflexartig einen so gewaltigen Kinnhaken verpasste, dass Lang schließlich liegen blieb.

„Das war Spitze!", rief Lea, die nach ihrer Tochter sehen wollte. „So viel Kraft hätte ich Deinem Anwalt gar nicht zugetraut."

„Er ist nicht mein Anwalt", antwortete Tessie schon gewohnheitsmäßig, während Christian nur grinste und sich an Lea wandte.

„Er ist es, aber sie weiß es noch nicht."

Lea grinste verschwörerisch zurück. „Ein Anwalt in der Familie? Na ja, es hätte schlimmer kommen können! Fabian wird sich jetzt um dieses Früchtchen kümmern. Rina hat uns vorgewarnt, deswegen ist die Streife schon informiert. So und jetzt lasst uns endlich dieses Hotel eröffnen und ein neues Abenteuer beginnen!"

-   Ende   -

Von der Autorin sind im BoD-Verlag bereits erschienen:

- Machen wir es wie Miss Marple -1
  Cosy-Crime-Geschichten

- Sophie und die Krimifrauen vom alten Bahnhof -1-
  Cosy-Crime-Geschichten

- Sophie und die Krimifrauen vom alten Bahnhof -2-
  Cosy-Crime-Geschichten

- Sophie und die Krimifrauen vom alten Bahnhof -3-
  Cosy-Crime-Geschichten

- Die Weiberwirtschaft
  Frauenpower im Mühlengrund

- Die Silver Girls
  Das Programm gegen Jugendschwund

- Das gibt es doch nicht!
  Unmögliche und fantastische Geschichten 1

- Das ist wirklich das Allerletzte!
  Unmögliche und fantastische Geschichten 2

- Jetzt ist aber Schluss!
  Unmögliche und fantastische Geschichten 3

- Alles auf Anfang!
  Unmögliche und fantastische Geschichten 4

- Der Club der kleinen Millionäre -1-
  Coole Kids und der clevere Umgang mit Geld

- Der Club der kleinen Millionäre -2-
  Von Pfunden, Freundschaft und Hunden

- Der Club der kleinen Millionäre -3-
  Coole Kids und eine rätselhafte Schatzkarte

- Immer wieder aufstehen!
  Kurzgeschichten zum Mut machen

- Klara und die Monster
  Mit Mutpunkten gegen die Angst

- Das Monster im Schrank
  Wenn Kinder Angst haben - Ratgeber